„… die Hoffnung muß das Beste thun."
Die Emser Briefe Carl Maria von Webers an seine Frau

Bad Ems, kolorierter Stahlstich von Lang
nach Jakob Fürchtegott Dielmann, um 1850

„... die Hoffnung muß das Beste thun."

Die Emser Briefe Carl Maria von Webers an seine Frau

Herausgegeben von den Mitarbeitern
der Carl-Maria-von-Weber-Gesamtausgabe

Joachim Veit (Detmold)
mit Eveline Bartlitz und Dagmar Beck (Berlin)

Weitere Informationen über den Verlag und sein Programm unter:
www.allitera.de

Bibliographische Information der Deutschen Bibliothek

Die Deutsche Bibliothek verzeichnet diese Publikation in der Deutschen Nationalbibliographie; detaillierte bibliographische Daten sind im Internet über <http://dnb.ddb.de> abrufbar.

Für die Erlaubnis zur Faksimilierung und Publikation der Emser Briefe Webers sowie der Auszüge aus Webers Tagebuch sei dem Leiter der Musikabteilung der Staatsbibliothek zu Berlin, Herrn Dr. Helmut Hell, sehr herzlich gedankt. Herzlicher Dank gilt auch Herrn Dr. Hans-Jürgen Sarholz vom Kur- und Stadtmuseum/Stadtarchiv in Bad Ems, der die Suche nach den in den Briefen genannten Personen in zuvorkommender Weise unterstützte, sowie unserem Kollegen Frank Ziegler für vielerlei wertvolle Hinweise bei der Erarbeitung der Kommentare.

September 2007
Allitera Verlag
Ein Verlag der Buch & medi@ GmbH, München

Umschlaggestaltung: Kay Fretwurst unter Verwendung eines
kolorierten Stahlstichs von Lang nach Jakob Fürchtegott Dielmann, um 1850,
Kur- und Stadtmuseum mit Stadtarchiv Bad Ems
Herstellung: Books on Demand GmbH, Norderstedt
Printed in Germany · ISBN 978-3-86520-277-2

Inhalt

Mitte Juli 1825 – knapp ein Jahr vor seinem Tod – versuchte Carl Maria von Weber mit einer vierwöchigen Kur in Bad Ems seine angeschlagene Gesundheit für die bevorstehende Reise zur Uraufführung seines *Oberon* in London zu stabilisieren. Frau und Kinder mußten in Dresden zurückbleiben. Dieser Tatsache verdanken wir eine Serie von 17 Briefen Webers an seine Gattin, aus denen bisher nur wenige Auszüge veröffentlicht waren. Die vorliegende Edition enthält Faksimiles aller erhaltenen Briefautographen mit vollständigen Übertragungen, Auszüge aus Webers Tagebuch, einige ergänzende Abbildungen und ausführliche Erläuterungen.

„Meine Gesundheit ist [...] sehr papiern geworden" – Die Zeit vor der Emser Kur

Nach den überwältigenden Erfolgen seines *Freischütz* (Uraufführung am 18. Juni 1821 im neuen Schauspielhaus in Berlin) und seiner Musik zu Pius Alexander Wolffs Schauspiel *Preciosa* (Uraufführung am 14. März 1821 im Königlichen Opernhaus in Berlin) hatte Carl Maria von Weber Ende 1821 von Domenico Barbaja, dem Pächter des Wiener Kärntnertor-Theaters, den Auftrag zur Komposition einer Oper für die Saison 1822 erhalten. Damit ging Webers langgehegter Wunsch in Erfüllung, für die anerkannte Wiener Bühne ein anspruchsvolles Werk, „eine ganz große Oper mit Ballet *pp*", schreiben zu dürfen[1]. Aber die geplante Komposition dieser großen, durchkomponierten dreiaktigen Oper, mit der Weber künstlerisch seinen *Freischütz* noch überflügeln wollte, zog sich unerwartet lange hin: Erst am 25. Oktober 1823 ging die *Euryanthe* über die Bühne – von Kennern durchaus gelobt, aber ohne wirklich durchschlagenden Erfolg in der Kaiserstadt. Schuld an diesen Verzögerungen waren nicht allein künstlerische Schwierigkeiten (etwa die langwierigen Auseinandersetzungen mit der Textdichterin Helmina von Chézy), sondern auch vielerlei äußere Hindernisse, darunter die wachsenden gesundheitlichen Probleme des Komponisten.

[1] Brief an Treitschke, 17. Dezember 1821; den Wunsch hatte er schon in einem Brief an Treitschke vom 29. Januar 1820 geäußert. (Die Briefe sind im folgenden nach dem Text der in Vorbereitung befindlichen Gesamtausgabe zitiert und nicht im einzelnen nachgewiesen.)

Weber war Ende März 1822 von einem Besuch in Wien, wo er die Sänger für seine neue Oper kennenlernen wollte und mehrfach den *Freischütz* dirigierte, krank nach Dresden zurückgekehrt. Die schon lange spürbaren Anzeichen einer sich verschlimmernden Tuberkulose-Erkrankung wurden immer deutlicher. Seinem Berliner Freund, dem Zoologen Hinrich Lichtenstein, schrieb Weber am 28. April 1822:

> „Seit meiner Rükkunft den 26t *März* von *Wien*, hätte ich wohl Zeit gefunden dir schreiben zu können, aber ich war noch 3 Wochen unwohl, und dabei von der finstersten Melancholie die mich zu allem unfähig machte. auch sollte ich nach des Arztes Willen nichts thun, und eben dieß machte mich wieder verdrießlich. Nun geht es Gottlob etwas beßer, sobald meine Frau kann, ziehen wir nach Hosterwitz, und da hoffe ich soll die reine Luft und Ruhe mir die Gesundheit wiedergeben, und auch Gedanken zu meiner *Euryanthe*, die zum Herbst fertig sein soll, wo aber wohl ein arger Spätherbst draus werden wird.
>
> Von den 5 Wochen in Wien, habe ich beinah die Hälfte zugebracht ohne Jemand sprechen zu können. ich bekam einen so heftigen Husten, und Krampf im Kehlkopfe, daß man eine Luftröhren Entzündung fürchtete. da nun die Leute sich anstellten als ob der Welt Heil an meinem Leichnam hinge, so wurde ich wohl auch über die Gebühr gehätschelt und ängstlich versorgt. und die herzensguten theilnehmenden Wiener zeigten mir wirklich außerordentliche Liebe dabei."

Der Medizinhistoriker Franz Hermann Franken geht davon aus, daß Weber sich schon in früher Jugend bei seiner im Alter von 34 Jahren verstorbenen Mutter Genovefa Weber mit einer Lungentuberkulose infiziert hatte: „Die Ausbreitung des Leidens bis zum tödlichen Ausgang zog sich dann allerdings gegen dreißig Jahre hin, ein nicht ungewöhnlicher Verlauf der Lungentuberkulose"[2]. Dabei entwickelte sich die Krankheit in Schüben, und die Symptome kamen immer deutlicher zum Vorschein.

Bereits etliche Jahre zuvor war ein Wien-Besuch Auftakt zu einer längeren Kränklichkeit Webers gewesen. Nach seiner Rückkehr nach Prag Anfang Mai 1813 warf ihn „ein heftiges Gallicht Reuhmatisches Fieber aufs Krankenlager". Rückblickend schreibt Weber:

> „tägliche Phantasien von 6, 7 – 8 Stunden griffen mich sehr an, und erst gegen das Ende *Juny*, erhohlte ich mich etwas. Meine Geschäfte

[2] Franz Hermann Franken, *Die Krankheiten großer Komponisten*, Band 2: *Wolfgang Amadeus Mozart. Carl Maria von Weber. Gioacchino Rossini. Franz Schubert. Gaetano Donizetti. Johannes Brahms* (= *Taschenbücher zur Musikwissenschaft*, Bd. 105), Wilhelmshaven 1989, zitiert nach der 2. Auflage 1991, S. 74.

litten darunter sehr, und um diese als ehrlicher Mann zu besorgen, muste ich einer Badekur entsagen die der Arzt zu meiner vollendeten Herstellung für nöthig hielt."[3]

Aber die guten Vorsätze („ich werde arbeiten und alle Jahre meinen Urlaub benuzzen mich zu erholen") konnten infolge der hohen Arbeitsbelastung selten verwirklicht werden, gesundheitliche und psychische Instabilität war die Folge. Immerhin reiste Weber im Juli 1814 zu einer – allerdings nur dreiwöchigen – Kur nach Bad Liebwerda am Rande des böhmischen Isergebirges[4]. Doch als er von seinem anschließenden Aufenthalt in Berlin nach Prag zurückkehrte, fühlte er sich bald wieder in der alten „unglükseligen Geisttödtenden Stimmung"[5].

Auch nach der Übernahme seines Amtes als Musikdirektor bzw. später als Kapellmeister des deutschen Departements der Dresdner Hofoper im Januar 1817 meldete sich die Krankheit rasch zurück und äußerte sich vor allem in einer zunehmenden Abgespanntheit und Reizbarkeit. Dies war einer der Gründe, warum Weber ab 1818 Sommeraufenthalte außerhalb der Stadtmauern Dresdens suchte. In den Jahren 1818, 1819, 1822 und 1824 war dies ein Winzerhäuschen in Hosterwitz bei Pillnitz, in den Jahren 1820 und 1825 dagegen waren es näher gelegene Landhäuser in „Cosels Garten" an der Holzhofgasse in der Dresdner Neustadt[6].

Familiäre Belastungen schwächten Webers Widerstandskraft zusätzlich. Nach der schmerzhaften Zangengeburt der Tochter Auguste am 22. Dezember 1818 waren die Mutter Caroline und das leicht verletzte Kind erkrankt; die Tochter starb am 28. April 1819. Weber, der noch an seiner zweiten Messe in G-Dur zur goldenen Hochzeit des Dresdner Königspaares arbeitete, berichtete am 8. Februar 1819 an Lichtenstein: „Seit dieser Zeit, bin ich aber so gänzlich abgespannt daß ich zu nichts aufgelegt, mich dem gänzlichen

[3] Beide Zitate aus dem Brief vom 30. Juli 1813 an Rochlitz. In einem Brief vom 21. Juni 1813 an Gottfried Weber findet sich die Bemerkung: „Ich sollte um meine Gesundheit ganz zu befestigen nach Eger auf 4 Wochen gehen, und kann nicht, da der Andrang von Geschäften die keinen Augenblik Aufschub leiden zu groß ist."

[4] Weber hielt sich nur vom 10. bis 31. Juli in Liebwerda auf. Nach einem Brief an Johann Baptist Gänsbacher vom 30. September war es eher der anregende Umgang in Berlin, der die Situation besserte, so daß Weber sich vorübergehend belastbarer fühlte.

[5] Brief vom 18. Oktober 1814 an Brühl.

[6] Zu letzteren vgl. Heinz Hoppe, *Carl Maria von Webers Sommerwohnung an der Holzhofgasse in Dresden-Neustadt*, in: *Sächsische Heimatblätter*, Jg. 30, Heft 1 (1984), S. 23-26. Er wies erstmals nach, daß es sich um zwei verschiedene Landhäuser handelte, da das erste, zweigeschossige um 1824/25 abgerissen und durch ein in unmittelbarer Nachbarschaft erbautes Pavillonhaus ersetzt wurde.

Müßiggang hingab [...]". Folge der Überanstrengung war eine erneute Erkrankung, die sich über viele Wochen hinzog, und noch am 13. Juni berichtete Weber an Friederike Koch:

> „Kopf und Brust sind bei mir noch die leidenden Theile, übrigens geht es mir gut, ich lebe in der größten Unthätigkeit, lese kaum etwas, habe mir alle Besuche und besonders alle Geschäfts und Theater Gespräche verbeten, und denke an nichts als Eßen und Trinken, worüber sich meine Frau nicht genug wundern kann."

„ich war dem Tode nah, und habe mich diesen Sommer nur langsam erholt", heißt es in einem Brief an Georg Friedrich Treitschke vom 29. Januar 1820, in dem Weber aber zugleich erstmals Pläne zur Komposition einer Oper für Wien äußert.

Man kann nicht behaupten, daß die folgende Zeit die Krankheitssituation wesentlich verbesserte, aber die Reise nach Hamburg und Kopenhagen im Herbst 1820 und der Aufenthalt in Berlin zur Uraufführung seines *Freischütz* im Frühsommer 1821 trugen dazu bei, die oft lähmende Stimmung zu beseitigen, auch wenn Weber bewußt blieb: „Meine Gesundheit ist [...] sehr papiern geworden"[7] und er deshalb plante, im Sommer 1821 mit seiner Gattin Alexisbad am Harz aufzusuchen. Stattdessen kurte Caroline von Weber dann im Juli allein in Schandau, wo Weber sie nur wenige Tage besuchen konnte.

Wollte man die fortschreitende Krankheit und die zunehmenden dienstlichen Belastungen (u. a. durch die häufigen Abwesenheiten seines italienischen Kapellmeisterkollegen Francesco Morlacchi) allein für die Abnahme der kompositorischen Aktivitäten Webers verantwortlich machen, wäre das sicherlich verfehlt. So zeigt sich gerade in dieser Periode, daß äußere Anregungen – sei es auf Reisen, sei es durch die Kontakte mit den geliebten Berliner Freunden – für Webers Schaffenskraft von entscheidender Bedeutung waren. In dieser Zeit entstanden (neben Auftragswerken wie den Kantaten zu feierlichen Anlässen im Dresdner Königshaus) nicht nur das Konzertstück für Klavier und Orchester f-Moll oder Teile der e-Moll-Klaviersonate, sondern auch erste Entwürfe zur *Euryanthe* und sogar Skizzen und Entwürfe zu einer komischen Oper, die Weber für die Dresdner Bühne plante. An diesem Werk, einer Vertonung des dreiaktigen Librettos *Die drei Pintos* des Dresdner Hofpoeten Karl Theodor Winkler (alias Theodor Hell)

[7] Brief vom 28. März 1821 an Gänsbacher, wo es weiter heißt: „Einen fatalen Husten kann ich noch immer nicht ganz los werden".

hat Weber bis September 1824 immer wieder gearbeitet, ohne es vollenden zu können.

Der sich seit *Freischütz* und *Preciosa* rasch verbreitende Ruhm Webers führte dazu, daß auch international das Interesse an dem Komponisten wuchs. Zusätzlich zu dem *Euryanthe*-Auftrag aus Wien gab es Anfragen aus Paris, Neapel und Mailand[8], und schon im Dezember 1822 finden sich erstmals Hinweise auf Anträge aus England. Der britische Obrist Barham Livius, den Weber im Dezember 1822 und Anfang 1823 unterrichtete, und dessen Singspiel *Das ledige Ehepaar* am 12. September 1823 im Linckeschen Bade aufgeführt wurde, bahnte diese Kontakte an, doch erst im Herbst 1824 nahmen die Pläne konkrete Gestalt an. Charles Kemble, der Manager von Coventgarden in London, wollte Weber zunächst für die Saison 1824/1825 und die Komposition zweier Opern gewinnen. Weber sah sogleich, daß der vorgesehene Zeitraum und der Umfang des Auftrages unrealistisch waren („erstlich schüttelt man die Opern nicht so aus dem Ermel [...]"[9]), folglich einigte man sich auf nur eine Oper und verschob Anfang 1825 die Aufführung auf die Zeit um Ostern 1826.

Noch Ende 1824 hatte Weber mit intensiven und ausdauernden Studien der englischen Sprache begonnen und konnte so die vereinbarte Bearbeitung des *Oberon*-Stoffes in der Textfassung von James Robinson Planché, die er aktweise bis Anfang Februar 1825 erhielt, besser beurteilen: „Wunderlicher Zuschnitt, aber wirklich Poetisch, und hoffentlich also wirkungsvoll" heißt es in einem Brief an Friedrich Rochlitz vom 12. Februar 1825. Weber fertigte sich

[8] Die Kontakte nach Paris vermittelte offensichtlich der Pariser Verleger Maurice Schlesinger, ein Sohn von Webers Berliner Hauptverleger Adolph Martin Schlesinger. In Webers Schreiben vom 15. März 1823 an Schlesinger heißt es u. a.: „Sehr gerne werde ich die *Composition* eines schon von der *Academie royale acceptirten* Buches übernehmen; – vorausgesezt, daß es meiner Gefühlsweise entspreche. Ich würde dann Paris auf 6 – 8 Wochen besuchen um die Mittel kennen zu lernen die ich verwenden könnte, und darnach meine Arbeit einrichten". Der Plan konnte zunächst nicht weiterverfolgt werden; Anfang 1825 beschäftigte sich Weber aber mit zur Vertonung vorgeschlagenen Libretti. Maurice Schlesinger kam dann auf den Plan zurück, als er Weber in Ems besuchte, vgl. Brief Nr. 12. – Das Angebot aus Neapel wurde Weber von Domenico Barbaja in Wien unterbreitet, wie er in Briefen an Caroline von Weber vom 22. und 26. September 1823 aus Wien bzw. einem Brief an den Dresdner Intendanten Hans Heinrich von Könneritz vom 14. Oktober 1823 erwähnt. – Ein Angebot aus Mailand ergibt sich aus den Bemerkungen im Brief Webers an Charles Kemble vom 21. August 1824, der in einem Entwurf von der Hand Karl August Böttigers mit eigenhändigen Zusätzen Webers erhalten ist bzw. aus Webers Antwort auf das offensichtlich durch seinen Kollegen Francesco Morlacchi vermittelte Angebot im Brief an diesen vom 22. April 1824.

[9] Brief an Hinrich Lichtenstein vom 6. September 1824.

auch eine eigene Abschrift des Textes mit daneben notierter deutscher Prosaübersetzung an[10]; wenn er im hier abgedruckten Brief Nr. 1 vom „Abschreiben des Herrn Oberon" spricht, ist vermutlich dieses Exemplar gemeint.

Auch in seinen Briefen an Kemble oder Planché, die zunächst in französischer Sprache abgefaßt waren, wechselte Weber mit Beginn des Jahres 1825 auf die englische Sprache. Dabei konnte er sich mit Kemble zunächst nicht über die Höhe des Honorars für die Oper und die anvisierte Reise einigen. Ende Mai besuchte der Sänger und Schauspieler Karl Beral, der zuvor im Londoner Coventgarden-Theater aufgetreten war, Dresden, so daß Weber sich nun ausführlicher aus erster Hand über die Londoner Verhältnisse informieren konnte. Beral kündigte auch an, daß Kemble im Laufe des Sommers noch eine Reise auf den Kontinent plane und dabei hoffe, Weber zu begegnen[11]. Aus Webers anschließendem Brief an Kemble vom 21. Juni 1825 erfahren wir erstmals etwas von der geplanten Kur in Bad Ems, da Weber dem Engländer diesen Ort als für ihn günstiger zu erreichenden Treffpunkt vorschlug.

Inzwischen hatte sich Webers Leiden deutlich verschlimmert. Nach der Geburt seines zweiten Sohnes Alexander Heinrich Victor Maria am 6. Januar 1825 und der nachfolgenden Kränklichkeit seiner Frau stellte sich Mitte Februar bei ihm ein neuer Tuberkuloseschub ein. Er berichtet darüber am 7. März an Hinrich Lichtenstein:

> „Noch immer hüte ich das Zimmer, habe ein Pflaster um den Hals das unzähliche kleine Blasen zieht. u: s: w: nicht eben der angenehmste Umstand. *Hedenus* will aber dieser Halsgeschichte einmal auf den Grund, und mir scheint es auch nöthig. übrigens fühle ich mich nicht krank, obgleich nicht ganz in der unbefangnen Stimmung um mit Erfolg arbeiten zu können. doch habe ich 2 Stükke zum *Oberon* entworfen."

Und am 23. Mai heißt es in einem Brief an Friedrich Rochlitz:

> „Seit 3 Monaten bin ich denn auch krank. Medizinire, bin durch und durch betrübt, arbeitsscheu, und in <u>der</u> Stimmung vor der Gott jeden Menschen bewahren wolle. Alles ohne scheinbare äußere Ursache. Von Innen heraus, auch wohl von Außen herein, wie das so im Wechsel wirkt, aus der Luft in die Luft.
>
> Nun habe ich den Köselschen Garten bezogen und hoffe von der guten Jahreszeit das Beste. –"

[10] Vgl. Staatsbibliothek zu Berlin – Preußischer Kulturbesitz (Weberiana Cl. II A, Abt. g, Nr. 9).

[11] Vgl. dazu Webers Brief an Hinrich Lichtenstein vom 9. Juni 1825.

Doch Webers Hausarzt Johann August Wilhelm Hedenus drängte auf eine Heilbehandlung. Am 30. Juni informierte Weber seinen Berliner Freund Lichtenstein:

> „Die Ärzte schikken mich fort. Sonntag d: 3t *July* reise ich nach *Ems* bei *Coblenz* wo ich gegen d: 15t einzutreffen hoffe, und 4 Wochen bleibe, so daß ich Ende August wieder zu Hause bin, und – Gott gebe, geheilt von dem fatalen beängstigenden Halsübel. Voriges Jahr hat man meinen Unterleib ins Baad geschikt[12], dieses Jahr den Oberleib, – das Ganze nun ins Grab zu schikken, würde ich mir doch noch für einige Zeit verbitten müßen."

„solches Reisen ist eine wahre Spazierfahrt" – Der Weg nach Ems

Nach den lobenden Beschreibungen, die der renommierte Mediziner Christoph Wilhelm Hufeland 1815 in seiner *Praktische[n] Uebersicht der vorzüglichsten Heilquellen Teutschlands nach eigenen Erfahrungen* über Ems veröffentlicht hatte, galt Ems als eines der empfehlenswertesten Bäder für die „Heilung kranker Lungen" einerseits und die Behandlung von „Krankheiten des Gebärmuttersystems" andererseits[13]. Vor allem in Hinblick auf die Heilungschancen bei Lungenkrankheiten stehe Ems, „nebst Selters, einzig da. Personen, die alle Anlage zur Lungensucht haben, ja welche schon im ersten Grade derselben mit anfangendem Schleichfieber befindlich sind, werden hier auffallend gebessert, nicht selten völlig geheilt"[14]. Man kurte in Ems vornehmlich in den Sommermonaten, die Zahl der Gäste, die für das Jahr 1825 mit 1568 angegeben ist, war im Monat Juli am größten und nahm schon im August wieder rasch ab[15],

[12] Die im Sommer 1824 absolvierte Kur in Marienbad war vermutlich Folge einer Phimosenoperation, die Hedenus laut Tagebuch am 31. Mai bei Weber vorgenommen hatte. Sie hatte also nichts mit dem Hals- bzw. Lungenleiden zu tun; vgl. dazu F. H. Franken, *Die Krankheiten großer Komponisten*, a. a. O., S. 92.

[13] Berlin 1815, vgl. zu Ems S. 176-179.

[14] Hufeland, a. a. O., S. 177f.

[15] Vgl. Hermann Sommer, *Zur Kur nach Ems. Ein Beitrag zur Geschichte der Badereise von 1830 bis 1914* (= *Geschichtliche Landeskunde. Veröffentlichungen des Instituts für geschichtliche Landeskunde an der Universität Mainz*, Bd. 48), Stuttgart 1999, S. 49 bzw. Tabelle S. 711. Die Zahl der Kurgäste in Ems hatte 1817 noch 652 betragen, stieg 1821 erstmals über 1000 und lag nach der Mitte des Jahrhunderts teilweise bei über 10.000.

Bad Ems, Stich von Johann Ludwig Bleuler, 1825
Staatsbibliothek zu Berlin – Preußischer Kulturbesitz Kartenabteilung (Kart Y 20086)

was auch an den erhaltenen Kurlisten abzulesen ist, die mit Mai beginnen und Anfang September enden[16].

Weber kannte dieses Bad bereits von einem kürzeren früheren Aufenthalt. Die Familie seines Stuttgarter Arbeitgebers Herzog Ludwig Friedrich Alexander von Württemberg, bei dem er von 1807 bis 1810 als Geheimer Sekretär angestellt war, kurte in den Sommermonaten 1808 und 1809 in Ems[17] und Weber, der die Geschäfte des Herzogs verwaltete, war im Jahr 1809 mit nach Ems gereist. Er ist in der erhaltenen Kurliste als „Baron von Weber" in der

[16] Für den hier betroffenen Zeitraum vgl. *Verzeichniß der Kur-Fremden zu Bad-Ems im Jahr 1825*. Ehrenbreitstein, gedruckt bei Ludwig Jenatz, erhaltenes Exemplar: Archiv der Stadt Bad Ems (ZBa 39, 1825). In einem handschriftlichen Nachtrag sind hier zu den offiziellen Kurgastzahlen noch etwa 350 Bedienstete hinzugerechnet.

[17] Vgl. Akten des Baden-Württembergischen Haupt- und Staatsarchivs Stuttgart (Geheimes Hausarchiv, G 246, Büschel 1).

Begleitung des Herzogs genannt[18]. Über diesen Aufenthalt berichtet auch die Frankfurter Kaufmannstochter Maria Belli-Gontard, die vom 10. Juli bis 8. August zur Kur in Ems weilte, in ihren *Lebens-Erinnerungen*[19]:

> „Am letzten Tage unserer Anwesenheit gingen wir Abends in den kleinen Cursaal, dicht an der Lahn gelegen. Wir fanden dort den Herzog Louis von Württemberg mit einigen Herren seiner Umgebung. Er sprach sogleich den Vater an und fragte ihn, ob er dem Guitarren-Spiel und Gesang einer seiner Herren zuhören wolle, ihm und den Damen würde es gewiß gefallen. Der betreffende Herr holte darauf sein Instrument, spielte vortrefflich, und sang mit kleiner, aber höchst wohlklingender Stimme einige Lieder. »An ein Veilchen« mußte er wiederholen. Und wer war der Herr? – Der später so berühmte Carl Maria von Weber! damals Secretair des Herzogs."

Weber hatte während seines Aufenthalts in Ems seinen Stuttgarter Schuldenberg weiter angehäuft, wie seine späteren Zahlungen an den Emser Kurarzt Dr. Karl Philipp Brückmann beweisen[20].

Während Bad Ems von Stuttgart bzw. Ludwigsburg aus gewissermaßen „vor der Haustür" lag, hatte Weber nun von Dresden aus eine fast zweiwöchige Reise vor sich. Der „gewöhnliche Postweg" nach Ems betrug zwar nur sieben Tage (vgl. Brief Nr. 7), Weber mußte sich aber aus Rücksicht auf seine Gesundheit – und die seiner Pferde – mehr Zeit lassen. Er spannte für diese Reise seine eigenen beiden Pferde („Hans" und „Grete") ein, die er im Februar 1824 erworben hatte, und benutzte den eigenen (langfristig gemieteten) Wagen. Als Kutscher begleitete ihn Johann Gottlob Nitsche, der seit März 1825 in Webers Diensten stand.

Die einzelnen Stationen der Reise lassen sich anhand des Tagebuchs und der Briefe fast minuziös nachvollziehen:

[18] *Verzeichnis der Kurgäste zu Bad-Ems 1809*, Hessisches Hauptstaatsarchiv Wiesbaden. Da Weber im Jahr 1808 vor der Reise des Herzogs noch eine größere Summe Geldes erhalten hatte, ist anzunehmen, daß er in diesem Jahr in Württemberg blieb, um die Geschäfte des Herzogs wahrzunehmen. In der Kurliste von 1808 taucht sein Name auch nicht auf.

[19] Frankfurt 1872, S. 76. Der erwähnte Vater war Franz Gontard. Belli-Gontard datiert die Begegnung irrtümlich auf 1805; vgl. aber die vorstehend genannte Kurliste. Den Hinweis auf diese Erwähnung verdanken wir der Arbeit von H. Sommer, a. a. O., S. 505, Anm. 406.

[20] So tauchen in den späteren Tilgungsbelegen mehrfach Zahlungen an einen „Dr. Bruckmann" in Bad Ems auf. Brückmann (1741-1814) war seit 1775 in den Sommermonaten als Badearzt in Ems tätig und offensichtlich an Literatur und Kunst sehr interessiert; vgl. Otto Renkhoff, *Nassauische Biographie*, Wiesbaden 1985.

1. Tag (Sonntag, 3. Juli):
Abreise aus Dresden-Neustadt um 5.30 Uhr, Mittag in der *neuen Schenke* in der Nähe von Oschatz
Übernachtet in Luppa

2. Tag (Montag, 4. Juli):
Abreise um 5 Uhr, Ankunft in Leipzig um 10.30 Uhr
Übernachtet in Leipzig im *Hotel de Bavière*

3. Tag (Dienstag, 5. Juli):
Abreise um 7 Uhr, über Lützen nach Weißenfels, Ankunft 11 Uhr,
Weiterreise um 14 Uhr, Ankunft in Naumburg 16 Uhr
Übernachtet im *blauen Hecht* in Naumburg

4. Tag (Mittwoch, 6. Juli):
Abreise um 5.30 Uhr, Ankunft in Weimar um 12 Uhr
Übernachtet im *Erbprinzen* in Weimar

5./6. Tag (Donnerstag/Freitag, 7./8. Juli):
wegen Erkrankung in Weimar festgehalten, Nächte im *Erbprinzen*

7. Tag (Samstag, 9. Juli):
Abreise um 5.45 Uhr, Ankunft in Gotha um 11.30 Uhr
Weiterreise um 15 Uhr, Ankunft in Eisenach um 18.30 Uhr
Übernachtet im *Rautenkranz* in Eisenach

8. Tag (Sonntag, 10. Juli):
Abreise um 5 Uhr, Ankunft in Buttlar um 11.15 Uhr
Weiterreise um 15 Uhr, Ankunft in Fulda um 19 Uhr
Übernachtet im *Kurfürsten* in Fulda

9. Tag (Montag, 11. Juli):
Abreise um 6 Uhr, über Neuhof, Ankunft in Schlüchtern 11 Uhr
Weiterreise um 14 Uhr, Ankunft in Gelnhausen um 18 Uhr
Übernachtet in der *goldenen Sonne* in Gelnhausen

10. Tag (Dienstag, 12. Juli):
Abreise um 5.30 Uhr, Ankunft in Frankfurt um 10.15 Uhr
Übernachtet im *Weidenhof* in Frankfurt

11. Tag (Mittwoch, 13. Juli):
weiterhin in Frankfurt

12. Tag (Donnerstag, 14. Juli):
Abreise um 6.30 Uhr, Ankunft in Wiesbaden um 10.30 Uhr
Weiterreise um 15.30 Uhr, Ankunft in Schwalbach um 19.15 Uhr
Übernachtet *auf der Post* in Schwalbach

13. Tag (Freitag, 15. Juli):
Abreise um 5 Uhr, über die Lahn, Ankunft in Bad Ems um 10.30 Uhr

Die Rückreise erfolgte mit einigen anfänglichen Umwegen, die in den Briefen begründet sind:

1. Tag (Samstag, 20. August):
7 Uhr Abreise, 9 Uhr in Koblenz, 12-15 Uhr in Boppart, 16.30 Uhr Ankunft in St. Goar
Übernachtet in der *Lilie* in St. Goar

2. Tag (Sonntag, 21. August):
Abreise um 5.30 Uhr, um 9.30 Uhr in Bingen, über den Rhein nach Rüdesheim um 10 Uhr, von 11-16 Uhr auf dem Niederwald, Ankunft in Wiesbaden um 19.30 Uhr
Übernachtet in den *4 Jahreszeiten* in Wiesbaden

3. Tag (Montag, 22. August):
Abreise um 6.30 Uhr, von 8-8.30 Uhr in Mainz, um 10.30 Uhr in Oppenheim, Ankunft in Darmstadt um 14.30 Uhr
Übernachtet bei Gottfried Weber

4.-5 Tag (Dienstag/Mittwoch, 23./24. August):
weiterhin in Darmstadt Gast Gottfried Webers

6. Tag (Donnerstag, 25. August):
Abreise um 7 Uhr, um 9.45 Uhr Ankunft in Frankfurt
Übernachtet im *Weidenhof* in Frankfurt

7. Tag (Freitag, 26. August):
Abreise um 5 Uhr, von 9.30 bis 14.30 Uhr in Gelnhausen, um 16.15 Uhr in Saalmünster, Ankunft in Schlüchtern um 18.15 Uhr
Übernachtet im *Stern* in Schlüchtern

8. Tag (Samstag, 27. August):
Abreise um 5 Uhr, von 8.45 bis 14.45 Uhr in Fulda, weiter über Hünfeld nach Buttlar
Übernachtet in der *Post* in Buttlar

9. Tag (Sonntag, 28. August):
Abreise um 5 Uhr, von 10.30 bis 15 Uhr in Eisenach, Ankunft in Gotha um 18 Uhr
Übernachtet „bei Schäfer“ in Gotha

10. Tag (Montag, 29. August):
Abreise um 4.45 Uhr, Ankunft in Erfurt um 7.30 Uhr, in Weimar um 10.30 Uhr
Übernachtet im *Erbprinzen* in Weimar

11. Tag (Dienstag, 30. August):
Abreise um 7 Uhr, um 10.30 Uhr in Eckartsberga, von 13 bis 16.15 in Naumburg, Ankunft in Weißenfels um 18.15 Uhr
Übernachtet *Zu 3 Schwanen* in Weißenfels

12. Tag	(Mittwoch, 31. August) Abreise um 5 Uhr, von 8.45 bis 10 Uhr in Leipzig, von 12.45 bis 15 Uhr in Wurzen, Ankunft in Oschatz um 18 Uhr Übernachtet im *Löwen* in Oschatz
13. Tag	(Donnerstag, 1. September): Abreise um 5 Uhr, um 8.30 in Meißen, Ankunft in Dresden-Neustadt um 11.45 Uhr

Die Mitnahme der eigenen Pferde und des Wagens hatte zur Folge, daß Weber zwar in Ems auch einen Unterstand anmieten mußte (den er jedoch günstig erhielt), andererseits aber für gelegentliche Spazierfahrten in die nähere Umgebung des Ortes bequem auf das eigene Gefährt zurückgreifen konnte.

„Grüße mir alle Freunde" – In den Briefen mehrfach genannte Personen aus Webers engerem Umkreis

Weber hatte in Dresden seine Frau CAROLINE mit dem dreijährigen Sohn MAX MARIA (geb. am 25. April 1822) und dem sechs Monate alten ALEXANDER (geb. am 6. Januar 1825) zurückgelassen. Zum Haushalt gehörten ferner zwei weibliche Bediente: LENE, d. i. das Stubenmädchen Magdalene Bürger, laut Tagebuch seit dem 6. April im Hause Webers angestellt, und MARIE, d. i. Maria Matschink, die am 30. Januar als Amme für Alexander angenommen worden war. Wenn in den Briefen die FRÄULEINS gegrüßt werden, so sind nicht diese beiden Bedienten gemeint, sondern möglicherweise die Töchter des „Capitäns" im „Fußartillerie-Regiment" Anton Ludwig von Hanmann (der HAUPTMANN) aus der Neustadt. Diese bisher nicht genauer identifizierten „Fräuleins" tauchen in den Briefen der Dresdner Zeit häufig auf.

Als „männliche Unterstützung" stand Caroline einerseits ein Freund Webers, der Klarinettist Gottlob ROTHE (*1774), zur Seite, andererseits für die Finanzen der daneben häufig genannte KELLER, bei dem es sich vermutlich um den Schauspieler (Carl) Johann Gottfried Keller handelt. Beide nahmen diese Aufgaben auch während Webers Reise nach London im Jahr 1826 wahr.

In den Briefen vereinzelt genannt ist Webers Schwiegermutter Christine Sophie Henriette BRANDT, geb. Hartmann (*1761), die bei ihrem Sohn Louis in Mannheim wohnte. Sie erhielt seit der Eheschließung Webers mit Caroline Brandt 1817, die mit ihrer Übersiedlung von Prag nach Mannheim verbunden war, eine monatliche Unterstützung. In Brief 13 verspricht Weber, ihr von Frankfurt aus Geld zu senden; tatsächlich ist die Absendung ihres Quartalsgeldes für September bis November 1825 im Tagebuch am 24. August in Darmstadt vermerkt.

Webers unmittelbarer Dienstvorgesetzter war seit November 1824 Wolf Adolf von LÜTTICHAU (1785-1863), der sich als früherer Oberforstmeister erst an seine neue Rolle als Intendant, die er nur aus gesundheitlichen Gründen angenommen hatte, gewöhnen mußte. Webers Verhältnis zu ihm war deutlich besser als das zu seinem Vorgänger Hans Heinrich von Könneritz. Lüttichau war die Durchsetzung einer von Weber geforderten Erhöhung des Etats der Königlichen Kapelle im Frühjahr 1825 zu verdanken. Im Mai des Jahres unternahm Lüttichau zusammen mit Ludwig TIECK (1773-1853), der seit Januar in Dresden zur „literarische[n] Beratung der Bühnenleitung, soweit die deutsche Bühne betroffen" sei, angestellt war, eine Kunstreise, um die Verhältnisse anderer Theater kennenzulernen und Ausschau nach geeigneten Kräften zu halten. Diese Reise führte u. a. nach Wien und durch etliche deutsche Städte, wofür Weber z. T. Empfehlungsbriefe an Freunde geschrieben hatte.

Der für den Bereich der beiden Dresdner Theater (des italienischen und des deutschen) zuständige Minister war Detlev Graf von EINSIEDEL auf Mückenberg (1773-1861), zu dem Weber kein sonderlich gutes Verhältnis hatte.

Karl August BÖTTIGER (1760-1835), den Weber gelegentlich erwähnt, galt als bedeutender Altertumskenner seiner Zeit. Er hatte in Leipzig Philologie, Philosophie und Theologie studiert und war in jeder Hinsicht ein „Vielschreiber". Von ihm stammen auch zahllose Theaterbesprechungen in der Dresdner *Abend-Zeitung*. Böttiger war mit Weber eng vertraut und half ihm u. a. bei der Bewältigung der englischen Korrespondenz in Zusammenhang mit den Verhandlungen zur Komposition des *Oberon*. Er gehörte zu den Mitgliedern des Dresdner Liederkreises, einer losen Vereinigung von Künstlern, deren Treffen Weber seiner Frau als Abwechslung empfiehlt (Brief 8). Ein wichtiges Mitglied des Kreises war auch der Textdichter von Webers *Drei Pintos*, Karl Theodor Winkler alias Theodor Hell, der zu Webers Abreise nach Ems in der *Abend-Zeitung* Nr. 160 vom 6. Juli 1825 ein Gedicht von recht zweifelhafter Qualität veröffentlicht hatte, in dem sich Ems auf „hemm's" und „Schlemm's" reimte...

Mehrfach genannt ist schließlich Webers Freund aus der Zeit seines Aufenthalts in Mannheim und Darmstadt 1810/1811, der Jurist und Musiktheoretiker GOTTFRIED WEBER (1779-1839), der seit Ende 1818 in Darmstadt tätig war und mit dem Weber zeitlebens eine umfangreiche Korrespondenz unterhielt.

„wieder ein Briefel vom Muks“ – Besonderheiten der Briefe

Zu den besonderen Charakteristika der Briefe gehört die gelegentliche Verwendung eines eigenen, besondere Vertraulichkeit suggerierenden und für den Außenstehenden manchmal etwas kindlich anmutenden Wortschatzes – wie dies bei Ehepartnern wohl häufiger der Fall ist oder war. Die gegenseitige Anrede als *Muks* (männlich und weiblich) oder *Mukkin* ist dabei bereits seit den frühen Briefen Webers an seine Braut Caroline Brandt im Jahr 1816 zu finden[21]. Im übrigen stehen Wortformen einer verniedlichenden Kindersprache wie *Hottos* oder *Hothos* (Pferde, vgl. Brief Nr. 1), *Oz* (Ochse, Nr. 15) oder *nitz* (nichts, Nr. 12, 15) neben Wortspielereien wie *Puntum* (für Punctum, Punkt, Nr. 4), *Complott* (Kompott, Nr. 8), *Sperling* (Sterling, Nr. 15), *Fee* (Tee, Nr. 12) die *Neffen* (Nerven, Nr. 13, 16) oder *Flozen* (Schloßen, d.i. Hagel, Nr. 16), die typisch sind für die zeitlebens ausgeprägte Neigung Webers zu Sprachspielereien, die auch in seinem Fragment gebliebenen Roman *Tonkünstlers Leben* an etlichen Stellen spürbar ist. Gerne verdreht Weber dabei auch Zitate aus Bühnenwerken; wenn es bei ihm in Brief 7 z. B. heißt: „Ja eßet Pillen nur | das ist die beste Kur“, so empfiehlt der Dorfbarbier Lux im originalen Text des einaktigen Singspiels *Der Dorfbarbier* von Johann Baptist Schenk in der Introduktion seine Form der Kur mit den Worten „O esset Schinken nur, das ist die beste Kur“.

Von den 17 von Weber selbst durchnumerierten Briefen, die er von der Ems-Reise an seine Gattin schrieb, sind 16 erhalten geblieben. Die Tatsache, daß die Adressenseiten der Briefe Nr. 4, 5, 9, 12-14 und 17 abgeschnitten sind, und das komplette Fehlen des Briefes 6 sprechen dafür, daß diese Blätter – wie es häufiger geschah – von Caroline von Weber oder ihren Kindern als „Reliquien“ an interessierte Freunde oder Besucher verschenkt wurden. Ein Beleg dafür ist auch, daß der Brief Nr. 14 nicht zu der Serie der aus Familienbesitz übernommenen Briefe gehört, die heute mit den Signaturen Mus. ep. C. M. v. Weber 185 bis 199 in der Musikabteilung der Staatsbibliothek zu Berlin – Preußischer Kulturbesitz aufbewahrt werden, sondern aus dem Besitz des mit der Familie Weber eng befreundeten Pioniers der Weber-Forschung Friedrich Wilhelm Jähns (1809-1888) stammt, dessen Sammlung 1881 von der Berliner Bibliothek erworben werden konnte. Dieser Brief Nr. 14 befindet sich heute unter der Signatur Weberiana Classe II A. a 3. 20 innerhalb der Sammlung Weberiana.

[21] Vgl. Eveline Bartlitz (Hg.), *Mein vielgeliebter Muks. Hundert Briefe Carl Maria von Webers an Caroline Brandt aus den Jahren 1814-1818*, Berlin 1986, S. 23.

Die durch das Fehlen von Brief Nr. 6 entstandene Lücke wurde durch Auszüge aus Webers Tagebuch auszugleichen versucht. Außerdem wurde eine vollständige Tagebuchseite vom 13. und 19. August, also den letzten Tagen der Kur, aufgenommen. Die zwischen 1810 und 1826 geführten Tagebücher Webers sind ebenfalls in der Staatsbibliothek zu Berlin erhalten (Signatur: Mus. ms. autogr. theor. C. M. von Weber WFN 1).

Die roten oder blauen Anstreichungen am Rande etlicher Brieftexte stammen vermutlich weitgehend von der Hand von Webers Sohn Max Maria von Weber, der sich damit Passagen für seine 1864-1866 erschienene dreibändige Biographie *Carl Maria von Weber. Ein Lebensbild* (Leipzig, im Verlag von Ernst Keil) markierte. Bei den Rötel-Vermerken bzw. den meist in brauner Tinte zugesetzten Zahlen auf den Adressenseiten handelt es sich dagegen um Postvermerke, die in den nachfolgenden Übertragungen ebensowenig übernommen wurden wie die mehr oder minder deutlichen Poststempel. Zum Verschließen der Briefe verwendete Weber hier dünne Oblatensiegel – vermutlich wollte er sich auf der Reise nicht mit Siegelstempel und -lack belasten. Durch das Aufreißen der Siegel entstanden bisweilen kleine Substanzverluste an den Briefen, die aber bei dieser Serie mit Ausnahme von Nr. 10 nie den Brieftext selbst betreffen. Ein Hinweis auf die heute oft mißverstandene Art der Datierung der Briefe sei noch gestattet: Weber verwendet zur Bezeichnung der „gezählten“ Monatsnamen September bis Dezember die damals übliche Form:

7^{br} = September
8^{br} = Oktober
9^{br} = November
X^{br} = Dezember

Spezielle Probleme entstehen durch die landschaftlich und zeitlich außerordentlich unterschiedlichen Währungsbezeichnungen bzw. -systeme. Grob simplifizierend läßt sich hier lediglich festhalten, daß Dresden Buch und Rechnung „nach Reichstalern zu 24 ggr. [= gute Groschen] à 12 Pf“ führte, während Hessen-Nassau „nach Gulden zu 60 Kreuzer à 4 Pfennig“ rechnete[22]. Daher auch Webers Klage über die „Xer Länder“, d. h. die in Kreuzern rechnenden Nassauer, in Brief Nr. 7 und seine teilweise doppelte Rechnungsführung im Tagebuch.

[22] Vgl. Joseph Jäckel, *Neueste europäische Münz-, Mass-, und Gewichtskunde*, Wien 1828, Bd. 1, S. 243 bzw. Bd. 2, S. 479. Der Zahlwert war dabei in Dresden „der Conventions-Zwanzig-Gulden-Fuß, die Cöllner Marc Feinsilber zu 13 1/3 Rthlr“, in Nassau „die Cöllner Marc feinen Silbers zu 24 Gulden“. Das Verhältnis scheint dabei grob 1:2 gewesen zu sein.

Zwei äußerliche Besonderheiten sind noch zu erwähnen: Die Blässe des in Luppa niedergeschriebenen Teils von Brief Nr. 1 entschuldigt Weber selbst mit den Worten: „die Dinte ist so schlecht, daß ich selbst kaum sehe was ich schreibe“. Brief Nr. 2 dagegen ist stark beschädigt und weist dadurch etliche kleinere Textverluste auf, die sich nicht mehr vollständig rekonstruieren lassen.

Die Wiedergabe der Briefe folgt streng der Orthographie und Interpunktion Webers, d. h. der nicht normierten Rechtschreibung der damaligen Zeit. Lediglich die Geminationsstriche über „m“ oder „n“ wurden aufgelöst. Häufige Probleme ergeben sich bei der schon von Zeitgenossen Webers als „schwierig“ eingeschätzten Handschrift bei Endsilben oder der Groß- und Kleinschreibung, insbesondere beim Buchstaben „d/D“. Zweifelsfälle wurden hier nach heutiger Gepflogenheit entschieden.

Liest man die Briefe aus Bad Ems vor dem Hintergrund seiner sämtlichen erhaltenen Briefe an Caroline von Weber, glaubt man die sich verstärkenden gesundheitlichen Probleme Webers auch am Tonfall herauslesen zu können. Wohl nicht zufällig klagt Weber in Brief Nr. 12: „[...] meine Briefe sind doch gar zu leer; aber ich weiß nitz, und ein Schelm giebt mehr als er hat“. Dennoch sind diese Briefe ein Beleg für den trotz nachlassender Lebenskraft ungebändigten künstlerischen Willen Webers. „An Musje *Oberon* muß nun ernstlich gedacht werden. Gott sey gepriesen“ heißt es im letzten Brief aus Ems – bereits acht Monate später fand die Uraufführung des Werkes in London statt. In der Nacht vom 4. auf den 5. Juni 1826 starb Weber dort an den Folgen der Überanstrengung, die er seinem tuberkulösen Körper auf dieser Reise zugemutet hatte. Vielleicht muß man gerade angesichts dieser letzten großen Komposition Webers dem Medizinhistoriker Franken zustimmen: „Weber kann deswegen als Schulbeispiel gelten, wie müßig es letzten Endes ist, Zusammenhänge zwischen Krankheit und schöpferischem Wirken eines Genies zu suchen. Gerade bei ihm versagen alle derartigen Spekulationen. Als gesunder Mensch hätte er wohl mehr komponiert, – aber anders?“[23]

[23] Franken, a. a. O., S. 114.

Weber an seine Gattin in Dresden (Brief Nr. 1)
Von unterwegs und aus Luppa, Sonntag, 3. Juli 1825

An die
Freyfrau Carolina von Weber
Hochwohlgebohren.
Koselschen Garten | vor dem schwarzen | Thore.
Dresden

Neues Wirthshaus. 3 Stunden von Oschaz.
d: 3t *July* 1825.

No: 1.

Meine herzliebe Lina! glüklich und munter sind wir alle hier im ersten Mittags quartiere angekomen, und zwar schon um ½ 11 Uhr. von hier sind nur noch 6 kleine Stunden bis Luppa, daß ich also in guter Zeit ins Bett kome. Das Wetter wäre bis auf den fatalen Wind recht gut, denn die Hottos ermüden sich nicht, und geregnet hat es nur wenig.

In dieser elenden Kneippe, wo ich meiner guten Mukkin Küche recht mißen werde, – habe ich denn gleich mein schreibendes HauptQuartier aufgeschlagen, und werde mich wenn ich dir erst guten Morgen und guten Appetitt gewünscht habe, zum Abschreiben des Herrn *Oberon* verfügen. Ah! da kömmt die Suppe schon, nun Gott gebs gnädig. –

Um 4 Uhr in Luppa. Ach das war ein elendes Eßen. Die Kirschen von Gestern Abend hatten nicht sehr vorgehalten, und ich hatte also Hunger, obwohl es noch nicht 12 Uhr war. ich konnte aber nichts genießen, als die Biersuppe, der Kalbsbraten war lauter Haut, und so mußte ich Butterbrodt eßen.

Hans, Gretel, Johann und Karl haben aber ganz gleiche Zeche gemacht, und jeder 4 gr. verzehrt; also in Summa 16 gr: um 1 Uhr ists wieder fortgegangen, und jezt bin ich schon hier im Nachtquartier, und habe die Freude diesen *No.1* fortschikken zu können daß er Morgen in deinen Händen ist, und Du doch weißt wie es uns den ersten Tag gegangen ist: sehr gut. Weg, wie auf dem Tisch, kein Staub. Ich bin immer mit meinen Gedanken bei Dir und *Lex* und *Max* gewesen. Die Stunde bis Max aufwachte, und sein Frühstükken, war dir gewiß eine recht betrübte, wie mir nicht minder, der ich mir das alles so recht lebhaft dachte. Zu Mittage wird Er den Vater vorstellen, und da geht es schon beßer. Ach! um die Kinder ist mir nicht bange, die verwinden so etwas schnell, und auch ein ernstliches Thränen Schauerchen läßt keinen Eindruk zurük. Aber die Mutter, die Mutter, die böse Mutter. – Schone dich nur recht, und halte deinen Kopf hübsch warm. ich bin sehr brav. habe den ganzen Tag den Mantel angehabt und das Wagen Visir selten aufgeschlagen. Der Abend ist etwas heiterer. jezt wird der gute, treue Rothe bald kommen; und ich werde noch einen Waßerkünstler sehen wenn der Brief fort ist. Dieser Brief ist aber selbst ein Waßerkünstler, die Dinte ist so schlecht, daß ich selbst kaum sehe was ich schreibe. nun, was du nicht lesen kannst mit den Augen, das erräthst Du mit dem Herzen.

Ich werde hoffentlich Morgen schon gegen 11 Uhr in Leipzig sein. Die Hothos tanzen nur so.

Nun gute, gute, Nacht ich segne Euch alle innigst und gebe gute + + +. behaltet lieb Euren alten Vater

Carl

100000 gute Bußen. [Kußsymbol]

No: 1.

Neues Wirthshaus. 3 Stunden von O[illegible].
d. 3t July 1826.

Meine geliebte Lina! [illegible]

[illegible]

L.IP.E
3 Jul 25

an die

Freyfrau Carolina von Weber

[illegible]

/

Dresden

Weber an seine Gattin in Dresden (Brief Nr. 2)
Aus Leipzig, Montag, 4. Juli 1825

An die
Freyfrau, Carol[ina] von Weber.
Hochwohlgebohren.
Dresden.
im Koselschen Garten.

No: 2.

Schon um ½ 11 Uhr bin ich in Gottes Schutz glüklich hier angelangt. Nachdem ich Gestern Abend noch unbeißbaren Rinderbraten und räucheriches Brot und Suppe hatte eßen sollen, auf Federn schlafen mußte, und doch recht süß von $^{3}/_{4}$ auf 9 bis 4 Uhr schlief. Da schlieft Ihr hoffentlich noch alle wie die Razzen. Heute wird Dir wohl *Horrak* den ich in Luppa sprach Nachricht von mir bringen, und Morgen kriegst du diese Zeilen. da bist du dann viel glüklicher als ich, der ich 9 lange Tage warten muß ehe ich Nachricht von meinen Lieben habe. Bekker war auch in Luppa übernacht, wenn du H. *v. Lüttichau* siehst, so sage ihm daß Bekker ganz laut dem *Horrak* erzählt habe daß er Mitglied des Dresdner Theaters geworden sei, und entweder schon in 14 Tagen oder in 2 Monaten sicher käme. *Horrak* ist der Schwiegersohn von *Hunt*, wir brauchen also keine Glokken. –

Es ist nöthig daß dieß *H. v. Lüttichau* weiß, damit Er, kömt ihm das Gerücht zu Ohren, nicht glaubt wir hätten geschwazt. Vor Tische habe ich noch einige Besuche gemacht, und jezt soll es wieder los gehen. Wir sind alle recht munter. und Hans und Grete thun als wenn gar nichts paßirt wäre. so viel ich jezt bemerke werde ich täglich *circa* 5 rh: gebrauchen mit dem Uebernachten nähmlich, und dabei ist auch täglich über einen Thaler *Chausseé* Geld. Doch, wenn man an die gewißen Straßen denkt die wir miteinander gemacht haben, und eigenen Wagen und Pferde, so zahlt man mit Freuden; denn solches Reisen ist eine wahre Spazierfahrt.

Glüklicher hätten wir es auch nicht treffen können zum Anfange, als mit diesem [unleserl. Wort] W [Textverluste] das [Textverlust] um 12 Uhr s[chien? wieder?] die Sonne, damit ich nicht n[aß] werde bei meinen Visiten. Gestern wäre ich aber bald noch recht tücht[ig] naß geworden, in Luppa bei dem Schwimmkünstler der seine Streiche eine 4^{tel} Stunde vor der Stadt in einem Teiche machte, und wo es tüchtig zu regnen anfieng. ich wurde aber meiner Wirthin ansichtig und flüchtete unter ihren Schirm, bis das Schauerchen vorüber war. Vielleicht sind wir gestern alle zu gleicher Zeit schlafen gegangen. Die Luft hatte mich doch ermüdet. ich w[ollte] noch ein bißel englisch [le]sen, aber die Augen fielen mir zu, [dann] puzte ich das Lichtel und gab Lina, Lex, Max gute + + + und – weg war ich. [Ich] hoffe, und flehe zum Himmel daß du brav bist. bitte, bitte alter Herr, kränke mich nicht belüge mich aber auch nicht. Morgen Mittag will ich in Weißenfels den *Müllner* besuchen, in Naumburg schlafen, und Uebermorgen in *Weimar* sein. Gott segne [euch alle]. Ich umarme Dich in treuer Liebe, mein geliebtes Leben. behalte du auch lieb [deinen ewig]

treuen *Carl*

Leipzig d: 4[t] July 1825.

No. 2.

Schon um ½ 11 Uhr bin ich in Gottes Schutz glücklich hier angelangt. [illegible]

[illegible]

Leipzig d. 4. July 1825.

An

Freyfrau, Caro[illegible] von Weber.

[illegible]

Dresden.

[illegible]

Weber an seine Gattin in Dresden (Brief Nr. 3)
Aus Weimar, Mittwoch, 6. Juli 1825

An die
Freyfrau Carolina von Weber
Hochwohlgebohren
Dresden

Weimar d: 6t *July*. um 3 Uhr.

No. 3.

Glüklich und wohl sind wir alle hier angekommen. Das Wetter ist ordentlich galant gegen meine Pferde, immer kühl und Regen drohend so lange ich unterwegs bin, sogleich schön, wenn ich ins Quartier komme. Von Leipzig laßen Dich Weißes und Rochlitz herzlichst grüßen. Bei lezterem brachte ich den Abend zu. *Wendt* hat große Lust, ein eigenes Werk über mich zu schreiben. Gestern d. 5t früh, goß es so entsezlich daß ich, obwohl schon um 5 Uhr zur Abfahrt parat, doch bis 7 Uhr wartete, wo es auf hörte. Auf der preußischen Gränze paßirte mir ein recht unangenehmes Stükchen. Natürlich erkläre ich, nichts Akzisbares zu haben; da finden sie das Tuch für die Mutter, an das ich weder gedacht hat, noch überhaupt für eine Waare ansehen konnte. Nun sollte Johann den Koffer aufmachen, und – hatte die Schlüßel verlohren. natürlich sah das verdächtig aus, und ich mußte da kein Schloßer da war, bis Lützen einen Gränz Beamten mitnehmen, zum Hauptzollamt. Hier brachte mein Name sogleich die höchste Artigkeit zu wege, der Koffer wurde zwar visitirt, ich bezahlte aber nur 8 gr. für das Tuch Durchgangs Zoll, und alles war wieder in Ordnung bis auf ein bischen Zeit Verlust und Ärger. Der leztere war aber, Gott sei Dank ganz unbedeutend, und ich erkannte mit Freuden darin daß meine Reizbarkeit bedeutend vermindert ist. um 11 Uhr war ich schon in Weißenfels, aß recht erträglich zu Mittag, in demselben Gasthofe wo wir übernachtet hatten, – suchte dann Müllner auf, traf ihn aber nicht, und kutschte dann nach Naumburg wo ich um 4 Uhr schon ankam. Da war Meße. ich gieng auf die Vogelwiese, besah Panoramen, wilde Thiere *pp*. Zufällig erblikte ich eine Firma aus *Chemnitz*, und mir fällt ein nach Kunstmann zu fragen. Da finde ich auch einen alten Bekannten, einen sehr artigen Mann, H: *Claus*, der es sich nicht nehmen läßt mich zu führen, mir die wahrhaft herrliche Gegend zeigt, Abends mit mir im blauen Hecht aß, und mir sehr angenehm die Zeit verstreichen machte. Spontini war den Tag vorher durchgereißt. so auch hier. beim MittagsTisch *traf* ich den Sohn Göthes. der auch sogleich seinen großen Vater ankündigte, und dem ich um 5 Uhr meine Verehrung darbringen werde. Die Pferde sind so munter, daß ich kaum glaube Morgen den ganzen Tag hier zu bleiben, obwohl ich auch keinen ganzen Tag gewinne wenn ich früher gehe, sondern nur ½ Tag früher in Frankfurt ankömme, woran mir auch nichts liegt.

Mit jeder Stunde fällt es mir schwerer aufs Herz daß ich so lange ohne Nachricht von Euch bin. Es ist mir schon wie eine Ewigkeit. und wenn ich nun auch Brief in Frankfurt fände, so kann er unmöglich viel enthalten, da du ihn am Montag schon fortschikken mußtest. Ich bitte Gott nichts, als daß ihr euch so wohl befinden möget als ich. troz der scharfen Luft habe ich nicht einmal bis jetzt einen Schnupfen bekommen, und bin nur etwas echaufirt, weshalb ich aber doch aufs süßeste schlafe. Du hast mir verboten zärtlich zu sein, ich darf dir also nicht sagen, wie sehr ich mich danach sehne, dich alle Tage nur ein halb Stündchen zu sehen. ist der Max recht artig? er soll ja dem Vater die Freude machen er läßt recht schön darum bitten. Wie geht's mit *Alex* Zahnen? sind die Mädels noch verträglich? und was macht dein Kopferl? war *Hedenus* einmal da? in *Ems* soll es sehr sehr voll sein. aber alle Menschen rühmen es unendlich. Gott gebe seinen Segen. Nun muß ich schließen, damit er auf die Post kömt. Gott segne Euch meine innigst Geliebten, Mutter und 2 Stammhalter. + + +. grüße den treuen Roth und Keller recht herzlich, und sey brav, und behalte lieb deinen dich über

alles liebenden
Carl.

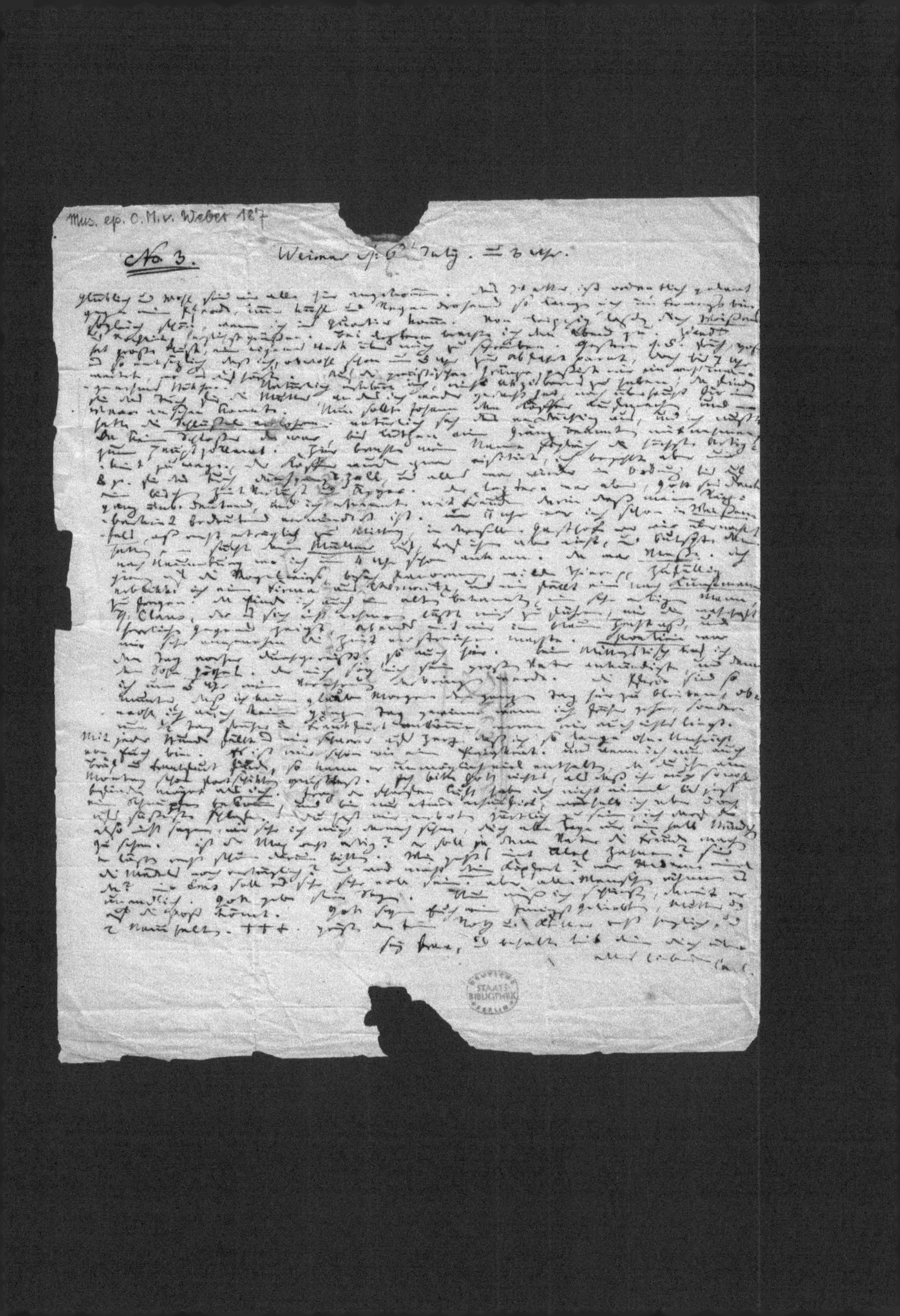

No 3.

Weimar d: 6t. July. = 8 uhr.

[illegible]

Carl.

an die

Freyfrau Carolina von Weber

Hochwohlgeboren

Dresden.

WEIMAR
7 JUL 18[illegible]

14 6

Weber an seine Gattin in Dresden (Brief Nr. 4)
Aus Gotha, Samstag, 9. Juli 1825

Gotha. Sonnabend d: 9[t] July 1825. Mittags 12 Uhr.

No: 4.

Guten Morgen mein innigst geliebtes Leben. Glüklich und gesund bin ich so eben hier unter Donner und Bliz angekommen, und erwarte voll Sehnsucht ein gutes Suppel. Da aber natürlich überall meine erste Frage nach dem Abgang der Post ist, und ich hörte daß Sie heute Abend nach *Dresden* spaziert, so muß ich natürlich gleich der Mukkin Nachricht geben. Du siehst aus obigem Datum, daß man mich in *Weimar* einen Tag länger festgehalten hat. Das war aber nicht um liederlichen Lebens willen, sondern gute Sorgfalt der guten Leute und Vorsicht von meiner Seite. Denn es ist mir gar nicht recht übelauf gewesen, und wenn ich Dir nicht so heilig versprochen hätte immer alles zu schreiben, so wär es eigentlich gar nicht der Rede werth, es ist aber so beßer, damit Du nicht etwas Dummes erfährst, denn ich weiß ja wie schnell die Menschen mit schlimmen Nachrichten sind. Nun also, erzählt. d: 6[t] Nachmittags 4 Uhr hatte ich Dir doch geschrieben daß ich mich kreuzwohl befände. Darauf gieng ich zu Göthe. wie ich um die Ekke kam, blies mich so ein scharfer Wind an, daß es mir gar nicht gefiel. Von da gieng ich zu Hummels die eine unendliche Freude bezeigten, und so nach 6 Uhr wollte ich zur Schoppenhauer gehn. da mich aber, troz dem schönen Wetter ein bischen zu frösteln anfieng, gieng ich erst nach Hause, und zog einen Ueberrok über den Frak. wie ich an das Haus der Schoppenhauer komme wird mir so übel daß ich es für gerathener finde, umzukehren, und kaum bin ich wieder in meiner Stube angelangt, so muß ich auch schon speyberln. und was wars? ich hatte doch Mittags so Diät gelebt, und nur 5 – 6 Kirschen gegeßen. die mußten wieder heraus. ich ließ mir Kammillen Thee machen, legte mich nieder, und brach nur noch einigemale, so in der Art wie vergangnen Winter. ich hielt es also doch für beßer einen Arzt zu befragen, der verschrieb mir etwas worauf sich das Brechen gab, und ich erträglich ruhte. d: 7[t] blieb ich bis Mittag im Bett, ließ mich dann zu *Hummels* tragen, und machte den Zuschauer bei einem delikaten Eßen, gebakenen Händeln *pp* Die Sorgfalt dieser guten Leute kann ich nicht genug rühmen, sie wollten mich durchaus im Hause behalten und pflegen. Nach Tische machten sie mir ein Betterl aufs Sopha, da schlief ich recht süß ein paar Stunden, und war wie neugebohren. Dann fuhr mich Hummel nach Hause, und um 8 Uhr lag ich schon wieder im Neste. Gestern d: 8[t] nun, hätte ich recht gut abreisen können, aber die guten Leute litten es nicht. ich hielt mich also noch ganz still, ging zu Niemand. Mittag holte mich Hummel ab, wo mir ein gutes Suppel und gebratenes Hünchen gut schmekte. von da gieng ich zu Gerstenberg und der Schoppenhauer. um 8 Uhr wieder hübsch artig nach Hause, und Heute Morgen um ½ 6 Uhr fuhr ich ab, und sizze munter und frisch hier, mit etwas leerem Magerl, denn ich halte mich so diät, um dich ja nicht zu ängstigen. *Hummel* kam eben von *Paris* zurük, und erzählte mir viel Interreßantes in jeder Beziehung für mich. Er rühmt außerordentlich das schöne Benehmen der Künstler in Paris, die eine sehr schöne Medaille auf ihn haben schlagen laßen. Das sind wahrhaft glükliche Menschen die Hummels. er hat ein sehr nettes Haus und Garten, Wagen und Pferde. Nichts zu thun, reißt wenn es ihm gefällig ist und verdient vieles Geld. aber Sie genießen auch beide und sind fröhlichen guten Muthes. Die Ohren müßen Dir eigentlich immer geklungen haben, so viel wurde von dir gesprochen. Bei Gerstenberg und Schoppenhauer deßgleichen. Es ist doch recht Schade daß Du das nicht mitmachen kannst, ich bin überzeugt so viele lebhafte Beweise fortwährender Liebe und Freundschaft würden dich gewiß auch erfreuen.

So eben haben mich Varnhagens besucht – /: Roberts Schwester :/ Die gehen nach Baden. und heute auch noch wie ich nach Eisenach, da wollen wir den Abend zusammen verplaudern. Ueberall finde ich Bekannte. und ich darf wohl sagen lauter Gesichter auf denen die Freude glänzt wenn sie mich wieder sehn.

Weißt du daß die Luft Veränderung schon recht vortheilhaft auf mein Uebel wirkt. Der Husten ist ganz weg, und die Heiserkeit so unbedeutend daß sie gar wenig zu hören ist. am Ende bin ich schon kurirt wenn ich in Ems ankomme, und kann gleich wieder umkehren. Das wäre sehr schön.

Heute Morgen hinkte die Gretel auf einem Vorderfuße. und wir mußten ihr unterwegs das Eisen abnehmen und eine Steingalle ausschneiden laßen. nun geht es wieder beßer. Die Steingallen sind nehmlich bei den Pferden, was bei uns die Hüner Augen, und Du kannst denken daß ein Hufeisen noch etwas mehr drükt als ein pariser Schuh. Uebrigens sind die *Hothos* und Musje Johann kreuzwohl auf, und verzehren so viel wie ihr Herr, das heißt dem Gelde nach, denn wenn die armen Thiere hätten die 2 Tage so fasten müßen wie ich, sie wären heute nicht in 6 Stunden mit mir hierher getanzt.Von dem längeren Aufenthalt in Weimar habe ich den Vortheil daß ich nun einen Tag später nach Frankfurt komme, und daher hoffentlich deinen Brief *No.* 2 finde den du gewiß Gestern an mich abgeschikt hast. Morgen geht es bis Fulda, Montag bis Gelnhausen, und Dienstag so Gott will bis Frankfurt. Unterwegens werde ich Dir nun schwerlich mehr schreiben; Du kömst auch sonst in gar zu große Schuld gegen mich, und hast bei der Rükkunft zu viele Bußen heraus zu zahlen.

Gott gebe nur daß ich von Eurer Aller Gesundheit höre. Ich herze meine

Buben aufs innigste, und gebe Ihnen gute + + +. Dir alte Memmes ohnedieß, das versteht sich.

Sey munter und glaube recht heiter
und gesund, Deinen alten
treuen *Carl*

[Kußsymbol:] 1000mal
Alles Erdenkliche an Rohde, Kellers, Lüttichau *pp*

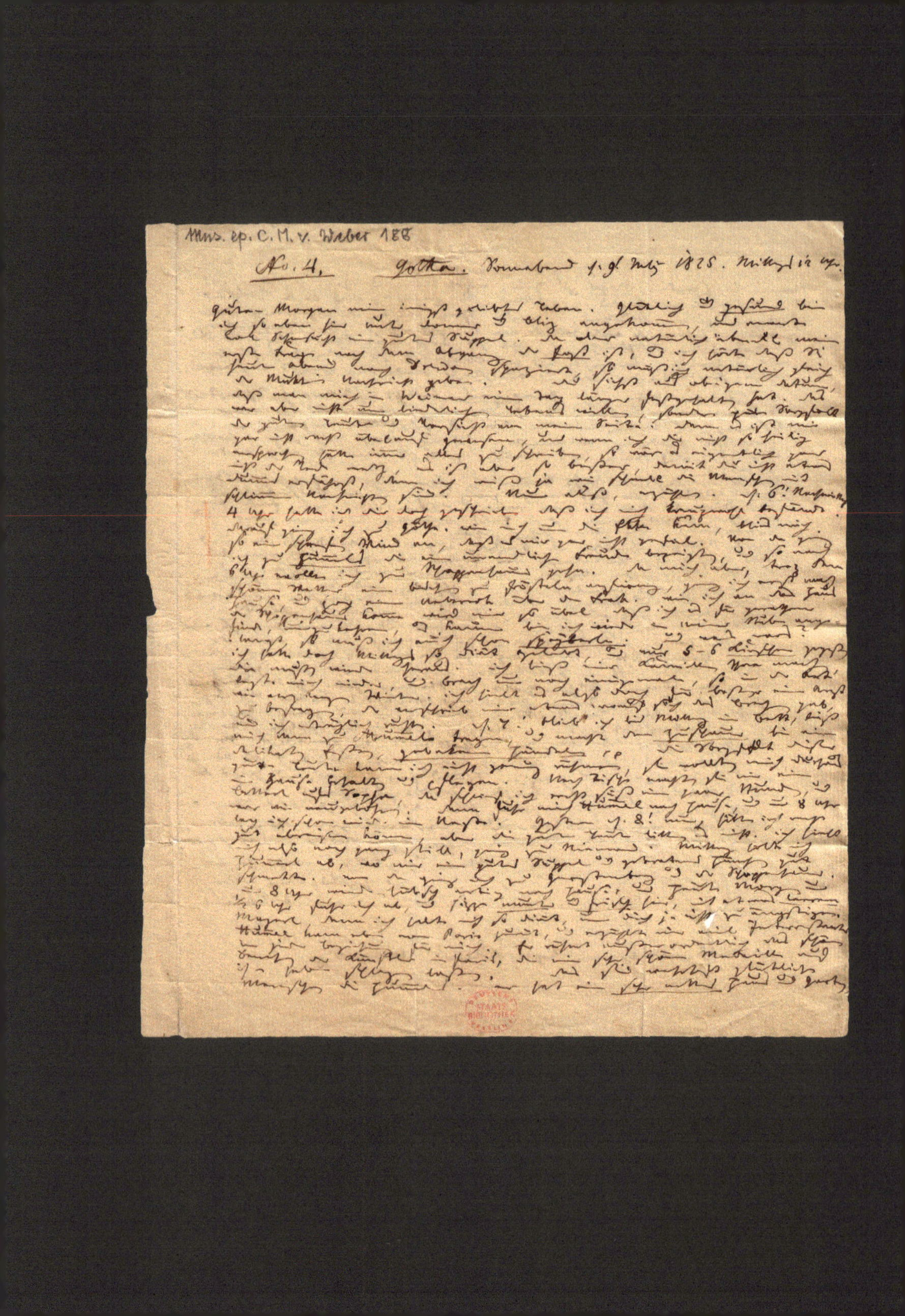

No. 4. Gotha. Sonnabend d. 9t März 1825. Mittags 12 Uhr.

Guten Morgen mein innigst geliebtes Leben. [illegible]

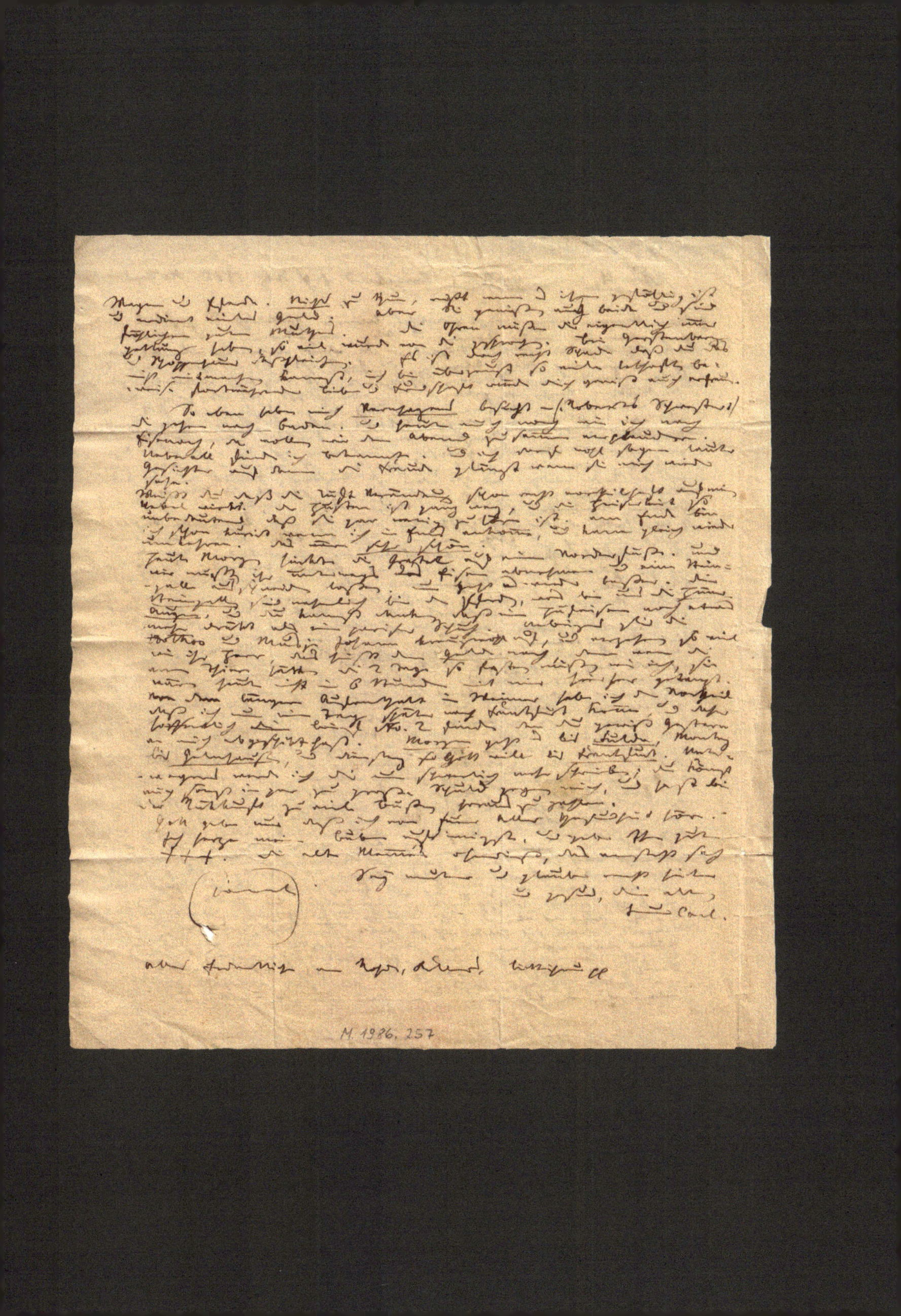

[illegible]

Carl

[illegible]

Weber an seine Gattin in Dresden (Brief Nr. 5)
Aus Gelnhausen, Montag, 11. Juli 1825

d: 11ᵗ *July* Abends 8 Uhr in *Gelnhausen*, 5 Meilen von Frankfurt

No: 5.

Ich glaube nicht, meine herzliebe Mukkin daß Du bisher an der guten Juden- und Holper-Stadt *Gelnhausen* so viel Antheil genommen hast, als weiland vor verschiedenen hundert Jahren Kaiser Friedrich der Rothbart. Vielleicht schließt Du sie aber nun in Dein Andenken wenn Dir aus derselben Kapellmeister *Carl* der Langbart 1000 herzliche Bußen schikt, und Dir sagen kann daß er wahrhaft Kreuzwohlauf ist.

Ich müßte nehmlich meine SchwarzGukkerin nicht kennen, um nicht zu befürchten daß Du doch nach dem Empfang meines *No.* 4 aus *Gotha*, trotz der Versicherung meiner völligen Genesung, voll Unruhe und Sorge sein solltest, bis neue Beweise meiner Gesundheit eintreffen.

Du mußt mir aber schon aufs Wort glauben daß es mir wohl geht, da ich zur Bestätigung meiner Aussage troz der mancherley Gränzen die ich paßirte, doch kein Sanitäts *Collegium* vorfand. Schlaf und Appetit sind gut, auch mein Gemüth recht heiter, und empfänglich für die herrliche Natur durch die ich spazieren fahre. Wahrlich der Himmel hätte gerade für mein Uebel keine herrlichere Witterung schikken können, alle die 9 Tage weder von Hizze noch Staub im geringsten gelitten zu haben, ist gewiß höchst dankenswerth.

Das Zusammentreffen mit den 2 *Varnhagens* und dem älteren Bruder von *Robert*, hat mir auch die 2 Tage recht angenehm gemacht, da wir uns immer Mittags und Abends trafen, und die Orte miteinander besahen oder plauderten. Sonnabend d: 9ᵗ fuhr ich um 3 Uhr von *Gotha* ab, /: wo ich Niemanden aufsuchte :/ und war um ½ 7 Uhr schon im Rautenkranz in Eisenach. Du kannst denken welche Errinnerungen in mir erwachten und was ich darum gegeben hätte Dich und die Buben hinzaubern zu können. in dieser herrlichen JahresZeit, wo alles doch noch ganz anders aussieht als im Schneegewande. – aber – es gieng nicht, und ich mußte mich begnügen meinen Geist zu Euch zu schikken, und bei jedem hübschen Kinde freundlich stehen zu bleiben. Das habe ich aber nicht etwa auch so bei jedem hübschen jungen Weibe so gemacht, da mußte ich ja Original und Stellvertreter nur in meinem Herzen finden. Den Thee trank ich bei *Varnhagens*. Nein!, – ich trank ihn nicht. Theils aus eigner Tugend, theils weil sie mir keinen geben wollte, wie sie den Grund meiner Reise hörte. auch Sie hat die herrlichen Wirkungen des HeilQuells erfahren, und verspricht mir allen erdenklichen Erfolg.– Gott gebe seinen Seegen!!! –

Gestern Sonntag d: 10[t] fuhr ich um 5 Uhr von Eisenach ab. speißte mit *Varnh*: in *Buttlar*. und um 7 Uhr waren wir schon wieder in Fulda. ich fahre so schnell mit meinen *Hothoos* wie *Varnh*: mit Extrapost. Abends besahen wir Kirchen und Schloßgarten. und Heute Morgen trennten wir uns, da sie in einem Tag nach Frankfurt wollen, ich aber den armen Thieren doch nicht zu viel bieten darf. Morgen früh zwischen 10 und 11 Uhr hoffe ich aber mit Gottes hülfe auch in Frankfurt ein zu treffen. und vielleicht Uebermorgen wieder abzufahren, wenn ich nicht ganz besonders fest gehalten werde. Was freue ich mich auf Morgen. ich fahre gleich bei der Post vor, denn die lange Zeit des Umziehens *pp* halte ich nicht aus, ehe ich weiß wie es zu Hause geht. 9 lange Tage sind es schon, und erst. – Wenn es nur seinen Zwek erfüllt, dann ist ja alles gern verschmerzt. nicht wahr?

Etwas Merkwürdiges muß ich Dir noch von der O[rdens]:Geschichte erzählen. Gerstenberg hat eine Gräfin Häsler geheyrathet die mit dem Minister *E:[insiedel]* verwandt ist. Wie lebhaft dieser nun sich für mich interressirt, und für wie sicher er jene Sache hielt, kannst Du daraus ersehen, daß er der Frau v: Gerstenb: geschrieben hat, ich würde d: O:[rden] bekommen. Aus Diskretion gegen eine solche Mittheilung hatte es aber Gerstenb: nicht öffentlich erzählt. gratulirte mir aber mit ungeheuchelter Freude, und in solches Billige der Sache ausbrechend, daß ich gar nicht zu Worte kommen konnte, um ihm begreifflich zu machen daß es, und warum es nichts sey. – Sein Erstaunen war gränzenlos. – – doch – Puntum. und auch Puntum mit dem Brief, der mit der Post die eben kommt fort soll. Habe ich doch gewiß 2 Tage gewonnen, die die Mukkin noch hätte warten müßen von Frankfurt aus. Morgen! Morgen! Ich umarme Euch alle innigst Ihr einzig und heiß Geliebten Gott segne Euch, Mux + + + Max + + + Lex + + +. So gebe ich Sie Euch alle Abend, und so seid Ihr nächst Gott mein erster MorgenGedanke. bleibt gesund, froh und treu

liebend, Euren
Carl.

[Im Kußsymbol:] Millionen Bußen.

No: 5.
(1825)

d: 11t. July abends 8 Uhr in Gelnhausen, 5 Meilen von Frankfurt.

Ich glaube nicht, mein herzliebster Mukkin daß Du bisher an der guten Kaiser- und [illegible]-Stadt Gelnhausen so viel Antheil genommen hast, als während vor ungefähr [illegible] Jahren Kaiser Friedrich der Rothbart. Vielleicht schließt Du sie aber nun in Dein Andenken ein wenn Du aus derselben Ringelmauern Carl der Langbart 1000 herzliche Grüße schickt, und Dir sagen kann daß er [illegible] ist. Ich müßte nämlich meinen [illegible] nicht kennen, um nicht zu befürchten daß Du doch nach dem Empfang meines No. 4 aus Gotha, trotz der Versicherung meiner völligen Genesung, voll Unruhe und Sorge sein solltest, bis neue Beweise meiner Gesundheit eintrafen.
Du mußt mir aber schon aufs Wort glauben daß es mir wohl geht, da ich zur Bestätigung meiner Aussage trotz der [illegible] [illegible] die ich [illegible], doch kein [illegible] Collegium vorfand. Schlaf und Appetit sind gut, auch meine Laune recht heiter, und empfänglich für die herrliche Natur durch die ich [illegible] fahre. Natürlich der Himmel hätte grad für mein Übel kein herrlicheres Mittel schicken können, als die 9 Tage [illegible] [illegible] noch Nachts [illegible] gelitten zu haben, ist gewiß höchst dankenswerth.
Das Frühstück bei Goethe mit den 2 Varnhagens und dem alten [illegible] von Robert hat mir auch die 2 Tage recht angenehm gemacht, da wir uns immer Mittags und Abends trafen, und die Zeit miteinander [illegible] und geplaudert. Sonnabend d: 9t. fuhr ich um 3 Uhr von Gotha ab, wo ich Niemand aufsuchte, und war um 1/2 7 Uhr schon im Rautenkranz in Eisenach. Die [illegible] Erinnerungen die mir erweckt [illegible] hätte ich [illegible] gegeben [illegible] die Wartburg hinaufwandern zu können, in dieser herrlichen Jahreszeit, wo alles doch noch ganz anders aussieht als im Schneegewand. — aber — es ging nicht und ich mußte mich begnügen [illegible] [illegible] Schlößchen, und [illegible] [illegible] freundlich [illegible] zu [illegible]. [illegible] habe ich aber nicht etwa [illegible] [illegible] [illegible] so gemacht, da mußte ich ja original und [illegible] [illegible] sein. Den Thee trank ich bei Varnhagens. [illegible] ich [illegible] nicht. [illegible] [illegible] eigenen [illegible], [illegible] weil sie mir kein geben wollte, wie sie den Grund meiner Reise hörte. Auch die hat die herrliche Wirkung der Heilquellen vorhergesagt und [illegible] mir alles [illegible] Erfolg. — Gott gebe seinen Segen!!! —
Gestern Sonntag d: 10t. fuhr ich um 5 Uhr von Eisenach ab. [illegible] [illegible] [illegible] Buttelar. und um 2 Uhr waren wir schon [illegible] in Fulda ich habe [illegible] mit meinem [illegible] [illegible] und [illegible]. Abends [illegible] wir [illegible] und Schloßgarten. und [illegible] Morgen [illegible] [illegible], da [illegible] in einem Tag nach Frankfurt wollen, ich aber den armen [illegible] doch nicht zu viel [illegible] [illegible]. Morgen früh [illegible] 10 und 11 Uhr hoffe ich aber mit 2 [illegible] auch in Frankfurt einzutreffen und [illegible] übermorgen wieder abzufahren, wenn ich nicht ganz besonders [illegible] werde. [illegible] freue ich mich auf Morgen. ich habe [illegible]

bei der Post war, denn die lange Zeit [illegible] ich nicht
[illegible] als ich [illegible] 3 lange Tage [illegible]
[illegible] recht. — Wenn [illegible]
gar [illegible]. nicht wahr?
[illegible] muß ich dir noch von der O: Geschichte erzählen.
Gerstenberg hat einen großen Fehler [illegible] mit dem Minist[illegible]
[illegible] ist. [illegible]
[illegible]
[illegible] O. [illegible]
[illegible]
[illegible]
[illegible] daß ich gar
[illegible]
[illegible]
[illegible] — doch — [illegible]. [illegible]
[illegible] Brief, [illegible] Post [illegible] soll.
habe ich doch [illegible] 2 Tage [illegible]
[illegible]
[illegible]
[illegible] Muks +++ Muks +++ [illegible] +++. [illegible]
[illegible]
[illegible]. [illegible]

lieb, treu Carl.

[illegible]

Auszüge aus den Tagebucheintragungen Webers
vom 12. bis 15. Juli 1825:

d: 12t um ½ 6 ab. […] um 10 ¼ in Frankfurt. Brief von Lina *No.* 1 […] und Gottfried gefunden. zu Varnhagens. Gottfried kam. mit ihm im Weidenhof Mittag. zu *Guhr. Walsch pp.*

d: 13t von Lina *No.* 2 erhalten und […] durch *No.* 6 beantwortet. um 10 Uhr kamen Gottfrieds Frau und Fräulein *Grua*. Mittag zusammen meine Gäste.
Ariadne bei Bethmann […]
Abends *Otello*. *Wild*. zusammen gegeßen. Gottfried fuhr zurük. […]

d: 14t ½ 7 ab. […] ½ 11 Uhr in Wisbaden auf der Post. […]
Dr: Horn bei Tische.
½ 4 Uhr ab. 7 ¼ in Schwalbach auf der Post.
Brunnen gekostet […]
Uebernachtet. gut, aber theuer […]

d: 15t um 5 Uhr ab. […] ½ 11 in *Ems* angekommen. in den 4 Thürmen bei *Thilenius* abgestiegen. Mittag und Abend im Kurhause

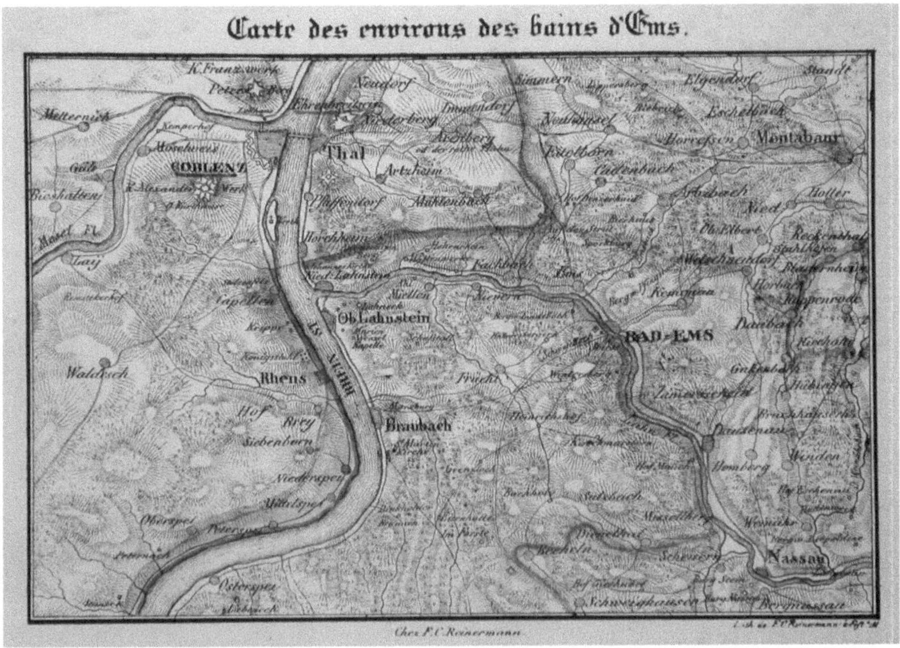

Carte des environs des bains d'Ems
Lithographie von Friedrich Christian Reinermann, vor 1835
aus der Sammlung Ems et ses Environs (Blatt 10)
Staatsbibliothek zu Berlin – Preußischer Kulturbesitz, Kartenabteilung (8° Kart Y 20084-1)

Weber fand in Ems Unterkunft in dem renommierten Haus mit den „Vier Türmen“ an der Römerstraße. Dieses Haus hatte 1817 der nassauische Badearzt Hartmann Christian Thilenius erworben, der bereits ein Jahr später starb. Seine Witwe, Johanette Wilhelmine Marie Dorothea, seit 1823 neu verheiratete von Stoevesandt, ließ das Haus grundlegend renovieren und 1822 ein kleines Badehaus an der Südwestecke anbauen. Das Haus mit den vier Türmen war wegen seines Komforts, aber auch der Ruhe im Vergleich zum Kurhaus sehr geschätzt[24]. Ems war im Jahr 1825 ein begehrtes Bad. Die *Zeitung für die elegante Welt* vom 16. August enthält einen Bericht vom Monat Juni, in dem davon die Rede ist, daß in Ems „der

[24] Vgl. dazu H. Sommer, a. a. O., S. 158, Dieter Weithoener, *Bad Ems. Stadt mit Gesicht. Beiträge zur Baugeschichte*, Bad Ems 1987, S. 89-101 und Hans-Jürgen Sarholz, *Geschichte der Stadt Bad Ems*, 2. Auflage, Bad Ems 1996, S. 253ff.

größte Theil der Wohnungen [...] in Beschlag genommen oder bereits besetzt sey". Möglicherweise hängt damit zusammen, daß Weber nur noch in einem „kleinen, kleinen Stübchen, *Parterre*" unterkommen konnte. Die seit Max Maria von Webers *Lebensbild* mehrfach kolportierte Behauptung, die Witwe Stoevesandt habe Weber, als sie ihn erkannte, sofort ein größeres Zimmer gegeben[25], bewahrheitet sich nicht – erst nach dem Abzug vieler Fremder im Monat August erhielt Weber ein komfortableres Zimmer im ersten Stock (vgl. Brief Nr. 14).

Die Themen, die in den Briefen während der Reise berührt werden, kreisen einerseits um die täglichen Erlebnisse auf der Strecke, die das Ehepaar Weber auf seiner Hochzeitsreise nach der Eheschließung am 4. November 1817 in Prag zum Teil ebenfalls zurückgelegt hatte, um den wechselhaften Gesundheitszustand Webers, um die Mitglieder der Familie bzw. des Haushalts oder um unterwegs getroffene Bekannte. Zum anderen bleiben aber auch die Dresdner Theaterverhältnisse ein wiederkehrender Gegenstand. So will Weber z. B. in Brief Nr. 2 vermeiden, daß sein Dienstherr Lüttichau den Eindruck erhält, er habe „Dienstgeheimnisse" ausgeplaudert: Der Darmstädter Hofschauspieler Carl Becker, der zuvor in Dresden gastiert und die Stadt am gleichen Tage wie Weber verlassen hatte, traf in Luppa mit dem Dresdner Bratschisten Friedrich Ludwig Horack (verehelicht mit der Sängerin Antonie Hunt) zusammen und prahlte, nun an der Dresdner Bühne engagiert zu sein. Das war zwar offensichtlich vorgesehen, und ab November des Jahres wurde Becker auch in Dresden angestellt, noch aber war dies nicht offiziell vereinbart. Webers Befürchtung, daß die Mitteilung Horacks an seinen Schwiegervater, den Violinisten und Instrumenten-Inspektor Franz Carl Hunt, die Nachricht wie Kirchenglocken verbreite, beruhte wohl auf entsprechenden Erfahrungen.

Unklar bleibt die in Brief 5 genannte „O:[rdens] Geschichte". Nach dem Lebensbild Max Marias hatte Webers damaliger Dresdner Vorgesetzter, der Intendant Heinrich Graf Vitzthum von Eckstädt (1770-1837), am 9. April 1818 beim König über den Minister von Einsiedel die Verleihung des Civil-Verdienst-Ordens an Weber beantragt[26]. Der Zeitpunkt war wenig günstig gewählt, da es Querelen wegen einer von Weber bald nach Antritt seines Dresdner Dienstes eingeführten neuen Orchesteranordnung gegeben hatte, und die Sache verlief so im Sande. Ob es 1825 unter dem neuen Intendanten von Lüttichau einen nochmaligen Vorstoß gab, ließ sich bislang nicht klären.

[25] Vgl. Max Maria von Weber, *Ein Lebensbild*, a. a. O., Bd. 2, S. 609.
[26] Vgl. Max Maria von Weber, *Ein Lebensbild*, a. a. O., Bd. 2, S. 149ff.

Der in diesem Zusammenhang genannte Georg Friedrich von GERSTENBERGK (1760-1838), den Weber in Weimar getroffen hatte, war dort Archivar und Regierungsrat und hatte im April 1825 Amalie Gräfin von HÄSELER, eine Stieftochter der Schwester des Grafen Einsiedel, geheiratet.

Der im zweiten Teil des Briefes 7 genannte (Giuseppe) Antonio ROLLA (1798-1837) aus Bologna war im Juni 1823 auf Empfehlung des Kapellmeisters der Dresdner italienischen Oper, Francesco MORLACCHI (1784-1841), Nachfolger des entlassenen Konzertmeisters Antonio Polledro geworden. Warum er nun „einen Pik auf M:[orlacchi]" hatte, bleibt unklar. Vielleicht spielen dabei die häufigen Abwesenheiten des seit 1810 in Dresden angestellten Morlacchi, der sich der Gunst des Königs erfreute, eine Rolle. Der „alte *Seconda*" ist Franz SECONDA (*1755), der „Oekonom beyder Theater" (so seine Bezeichnung im *Dresdner Adreß-Kalender*), der hier nach Webers Ansicht offensichtlich seiner Tochter zu früh Auftritte auf der Bühne erlaubt hatte.

„Ueberall finde ich Bekannte" – weitere Begegnungen

Laut Tagebuch hat Weber am 6. Juli in Leipzig außer dem ihm befreundeten Herausgeber der wichtigsten deutschen Musikzeitschrift, der Leipziger *Allgemeinen Musikalischen Zeitung*, Friedrich ROCHLITZ (1769-1842), auch den ebenfalls befreundeten Musikfeuilletonisten Amadeus WENDT (1783-1836) besucht, der angeblich ein „eigenes Werk" über ihn schreiben wollte. Wendt hatte gerade nach einem Besuch bei Weber in Dresden und der Teilnahme an einer *Euryanthe*-Aufführung am 19. April im Juni im Dresdner *Merkur* eine ausführliche, sich über fünf Nummern erstreckende Besprechung der Oper veröffentlicht[27] und schon mehrfach Werke Webers lobend gewürdigt. Möglicherweise wurde der Plan zu einem Buch über Weber durch dessen frühen Tod vereitelt.

Mit dem in Nr. 2/3 erwähnten Juristen und Schriftsteller Adolf MÜLLNER (1774-1829) war das Ehepaar Weber erstmals persönlich auf der Hochzeitsreise am 16. Dezember 1817 in Weißenfels zusammengetroffen. Weber hatte

[27] *Merkur. Mittheilungen aus Vorräthen der Heimath und der Fremde, für Wissenschaft, Kunst und Leben*, hg. von Ferdinand Philippi (Dresden), Nr. 71-75 (15.-23. Juni 1825), S. 289-290, 292-294, 296-301 und 304-306.

mit Müllner zuvor eine schriftliche Auseinandersetzung über das von ihm komponierte Lied der Brunhilde zu Müllners Drama *König Yngurd* gehabt. Daß Weber den Schriftsteller am 5. Juli 1825 nicht antraf, bestätigt auch dieser in seinen Erinnerungen[28].

Den preußischen Generalmusikdirektor Gaspare SPONTINI (1774-1851), der in Berlin die Aufführung von Webers *Euryanthe* verzögerte, hat Weber in Weimar um einen Tag verfehlt – was er sicher nicht bedauerte. Spontini, der am 4. Juli bei Goethe zu Besuch war, hatte nach der 7. Vorstellung seiner Zauberoper *Alcidor*, die am 23. Mai in Berlin Premiere hatte, einen mehrmonatigen Urlaub erhalten, der ihm im Januar 1826 sogar noch verlängert wurde, und befand sich auf der Reise nach Paris[29]. Erst im März 1826 kehrte er nach Berlin zurück. Während seiner Abwesenheit stand am 23. Dezember 1825 *Euryanthe* erstmals auf dem Berliner Spielplan.

Daß Weber über die Begegnung mit Johann Wolfgang von GOETHE, der ihm zunächst durch dessen Sohn August (1789-1830) angekündigt war, im Tagebuch vom 6. Juli nur lapidar notierte „um 5 Uhr zu Goethe“, erscheint wenig verwunderlich, war es doch schon bei den Begegnungen 1812 in Weimar recht frostig zwischen beiden geblieben[30]. Dagegen fühlte sich Weber bei Johanna SCHOPENHAUER (1766-1838), die in Weimar am Theaterplatz 1a einen Salon unterhielt, in dem regelmäßig Schriftsteller und Künstler verkehrten, sehr viel wohler. Bei ihr hatte er schon während seines Weimarer Aufenthalts im Jahr 1812 mehrfach musiziert und die Abende als „sehr angenehm“ im Tagebuch festgehalten. In Wiesbaden traf er sie nochmals auf der Rückreise von der Emser Kur am 21. August 1825.

Ausführlich ist in Brief 4 die Begegnung mit dem Pianisten und Komponisten Johann Nepomuk HUMMEL (1778-1837) und dessen Frau Elisabeth, geb. Röckel, beschrieben. Hummel, der in Weimar von 1819 bis zu seinem Tode als großherzoglicher Kapellmeister angestellt war, hatte Ende Februar 1825 einen längeren Urlaub zu einer Reise nach Paris erhalten und dort bis Ende Mai sehr erfolgreich konzertiert. Die erwähnte Medaille wurde von

[28] Vgl. dazu Frank Ziegler, *Zwei oder vier? – Versuch einer Zuordnung. Der Gedankenaustausch Adolph Müllners und Carl Maria von Webers über das Lied der Brunhilde zu 'König Yngurd' und das Problem der Quellenlage*, in: *Weber-Studien*, Bd. 7 (2003), S. 299-316.

[29] Vgl. z. B. den Bericht in der *Zeitung für die elegante Welt*, Jg. 25, Nr. 45 (28. Juli 1825), Sp. 1158f.

[30] Vgl. dazu Dagmar Beck, *Carl Maria von Weber und Weimar. Quellen und Dokumente*, in: *Weberiana*, Heft 11 (2001), S. 5-15. Goethe erwähnt in seinem Tagebuch am 6. Juli 1825 ähnlich kurz: „Capellmeister Maria von Weber“.

dem berühmten französischen Bildhauer Pierre-Jean David d'Angers modelliert und in Gold geprägt[31].

In Gotha traf Weber dann auf die Berliner Familie VARNHAGEN, die sich auf der Reise nach Baden-Baden befand und die ihm in den kommenden Tagen mehrfach begegnete: Rahel (Antonie Friederike) Varnhagen, geb. Levin, ab 1810 genannt Robert (1771-1833), ihren Gatten Karl August Varnhagen von Ense (1785-1858) und Markus Theodor Levin (1772-1826), den ältesten Bruder des Schriftstellers Ludwig Levin genannt Robert (1778-1832), dessen Festspiel Weber 1822 in Dresden vertont hatte. Rahel kannte Weber schon lange: mit ihr hatte er 1813 in Prag im gleichen Hause gewohnt[32]. Die in Zusammenhang mit Varnhagens zu findende, etwas eigenartige Bemerkung zum Tee-Trinken (bzw. Nicht-Trinken) in Brief 5 erklärt sich im übrigen aus dem Verhältnis der Bade-Ärzte zu diesem Getränk: „T h e e paßt wegen seiner Schweißtreibenden Eigenschaft niemals auf den Brunnen [...]", heißt es bei Thilenius[33] – Varnhagen wußte dies vom eigenen Aufenthalt in Ems.

In Frankfurt konnte Weber erstmals wieder seinen musikalischen Neigungen folgen: Am 13. Juli besuchte er nach der erwähnten Begegnung mit seinem Freund Gottfried Weber und dessen Frau Auguste, die aus Darmstadt angereist waren, eine Vorstellung von Gioacchino Rossinis dreiaktiger Oper *Othello*, in der der damals in Kassel engagierte Tenor Franz WILD (1792-1860), der sich zu einem Gastspiel in Frankfurt aufhielt, die Titelpartie sang. Zuvor hatte Weber bei dem Bankier Simon Moritz von BETHMANN (1768-1826) die berühmte Ariadne-Skulptur des Stuttgarter Bildhauers Johann Heinrich von DANNECKER (1758-1841) besichtigt. Bethmann hatte die (auf einem Leoparden sitzende) Ariadne auf Naxos aus cararischem Marmor 1814 gekauft und dies zum Anlaß genommen, einen Kunstsaal zu errichten, in dem auch Gipsabgüsse der besten Antiken versammelt waren. Er machte seine Sammlung auch der Öffentlichkeit zugänglich. Auf Bethmann, der in Ems zu den regelmäßigen Kurgästen gehörte, spielt Weber in Brief 9 nochmals an, wenn er scherzhaft erwähnt, daß dessen Wagen den seinen in den Schatten stelle.

31 Abbildung vgl. Karl Benyovszky, *J. N. Hummel: Der Mensch und Künstler*, Bratislava 1934, Anhang, Tafel 14; zur Reise selbst vgl. Joel Sachs, *Kapellmeister Hummel in England and France*, Detroit 1977, S. 17-29.

32 Vgl. hierzu den Brief Rahel Levins vom 11. Juli 1813 in: *Briefwechsel zwischen Varnhagen und Rahel* (= *Aus dem Nachlaß Varnhagen's von Ense*), Bd. 3, Leipzig 1875, S. 129f.

33 *Ems und seine Heilquellen. Für Bade- und Brunnengäste beschrieben und mit einer Anleitung zu ihrem zweckmäßigen Gebrauche versehen von H. C. Thilenius, der Medizin und Chirurgie Doctor, Herzogl. Nassauischem Hofrathe und Brunnenarzt.* Wiesbaden: Ludwig Schellenberg, 1816 (Exemplar im Stadtarchiv Bad Ems, Bs 6 113), S. 100.

Vermutlich schon bei der Begegnung mit dem Kapellmeister Karl Wilhelm Ferdinand GUHR (1787-1848) am 12. Juli hatte Weber verabredet, daß auf der Rückreise während seiner Anwesenheit in Frankfurt die Oper *Euryanthe* gegeben werden solle (vgl. Tagebuch und Brief 7). Das gab auch Gelegenheit, eine in Umlauf gebrachte Meldung über den angeblichen Tod Webers zu korrigieren:

„Die in einigen Zeitungen befindliche Nachricht von Carl Maria von Weber's T o d e ist ungegründet. Er befindet sich in Frankfurt und wurde am Schlusse seiner am 25sten daselbst aufgeführten, vom Kapellmeister Guhr geleiteten Oper Euryanthe mit rauschendem Beifall gerufen. Hierdurch wird das zu leicht aufgenommene Gerücht seines Todes zur Freude aller Kunstfreunde widerlegt."[34]

Die beiden in Wiesbaden namentlich genannten Personen sind der Stuttgarter Baß-Bariton Wilhelm HÄSER (1781-1867), ein „hochgebildeter und auch literarisch tätiger Künstler"[35], der in Stuttgart auch als Caspar in Webers *Freischütz* aufgetreten war. Humorvoll beschreibt Weber seiner Frau die Begegnung mit Dr. HORN.

In Ems wurde Weber offensichtlich bereits von dem Ehepaar PIATTI erwartet. Der Oberhofmeister im Hofstaat des sächsischen Prinzen Maximilian, Emil Marquis Piatti, war Anfang des Jahres Taufpate bei Alexander von Weber gewesen. Seine Gattin Louise Marquise Piatti, geb. v. Erdmannsdorf war Oberhofmeisterin im Hause der 1804 verstorbenen Gattin des Prinzen Maximilian. Zu den „übrigen Dresdnern", die Weber in seinen Briefen oder im Tagebuch erwähnt, gehörten laut Kurlisten u. a. der aus Petersburg stammende, bei der russischen Gesandtschaft in Dresden angestellte Prinz Elim MESTSCHERSKY mit seiner Gattin, der Königlich Sächsische Kammerherr Vincentius von LUBIENIECKE mit Gemahlin und der Königlich Sächsische Proviant Commissar Johann George NICOLAI aus Dresden. Der „alte Hempel und Blumenfeld", die Weber mit ihrem Besuch überraschten, waren keine Kurgäste, sondern möglicherweise Durchreisende. In den Kurlisten tauchen sie auch unter den „Passanten" nicht auf, sie waren also nur für ein oder zwei Tage in Ems.

[34] *Königlich privilegirte Berlinische Zeitung von Staats und gelehrten Sachen*, Nr. 206 (5. September 1825); der Artikel ist datiert „Mainstrom, den 31sten August".

[35] Rudolf Krauß, *Das Stuttgarter Hoftheater von den ältesten Zeiten bis zur Gegenwart*, Stuttgart 1908, S. 126.

Weber an seine Gattin in Dresden (Brief Nr. 7)
Aus Bad Ems, Samstag/Sonntag, 16./17. Juli 1825

An die Hochwohlgebohrene
Freyfrau Carolina von Weber.
im Koselschen Garten.
zu
Dresden.

d: 16^t. *July* 1825

No: 7.

Laß Dich begrüßen mein geliebtes Leben, aus *Ems*. endlich bin ich glüklich und gesund mit den Meinigen Gestern Vormittag um 11 Uhr angekommen, und sizze hier in einem kleinen kleinen Stübchen, *Parterre*, am Garten, meine Bäder dicht neben an, in den 4 Thürmen, recht gut. d: 13^t wo ich Dir zulezt schrieb, aßen wir, Gottfrieds und ich, fröhlich zusammen, wo Deiner und der Buben Gesundheit nicht vergeßen wurde. Nachmittags sahen wir die herrliche *Ariadne* von *Danneker*, und Abends den *Othello*, den *Wild* wirklich vortrefflich sang und ziemlich spielte. Nach dem Soupér fuhren Webers nach Darmstadt, und ich pakte ein. d: 14^t früh ½ 7 Uhr giengs nach *Wisbaden*, wo ich Mittag blieb, *Häser* aus Stuttgart fand, und viele andere Bekannte. Abends bis Schwalbach. auch ein Bad von schöner Laage; und endlich gestern d: 15^t um 5 Uhr fort und um 11 Uhr hier.

Da fand ich denn gleich mehr Bekannte als mir lieb war. Bei Tische war es lustig mit anzusehen, wie so einer dem andern ins Ohr raunte daß ich da sey, wie die Musik den Freyschützen verarbeitete, und endlich einige Enthusiasten meine Gesundheit ausbrachten, wodurch mein Bischen *incognito* vollends verlohren gieng. Das thut mir sehr leid, denn ich hatte großen Spaß an den Gesprächen über mich gehabt, die in meiner Nähe über mich geführt wurden, und in die man mich zum Theil verwikkelte.

In Wisbaden aber hatte ich wirklich eine rührende Szene der Art. Es saß ein *Dr. Horn* neben mir, ein höchst gebildeter Mann und großer Musikfreund. Nachdem wir über Litteratur und viele Dinge recht intereßante Gespräche geführt hatten, und er bemerkte daß ich aus Sachsen sei, und er früher in Leipzig studirt hatte, so frug er mich nach 1000 Dingen, Böttger *pp*. Die TafelMusik brachte dann endlich auch das Gespräch auf den Freyschützen *pp* ich wich aufs Künstlichste allen Fragen die mich hätten verrathen können aus, bis denn endlich der Mann, ganz erstaunt mich in Allem so zu Hause zu wißen nach meinem Namen frug; nun, das ist ein ehrlicher Name, und ich konnte also nicht verschweigen daß ich *Weber* hieße. *Weber*? rief er, ganz gespannt, Gottfried *W*:? Nein! sagte ich; also aus Berlin? – der ist lange todt. also – mit einer Pause wie Jemand dem ein freudiger Schrek den Athem verhält, – doch nicht – *Carl Maria v. W*: sagte ich ganz ruhig indem ich mir einschenkte. – Da hättest Du sehen sollen wie der Mann, wie vom Donner gerührt 5 Minuten unbeweglich still und starr saß, und endlich indem ihm die Augen feucht wurden, ganz andächtig stille sprach, – Was hat mich Gott für ein Glük erleben lassen. – Du weißt liebe Lina, daß die größten diksten Weyrauch Wolken weder meine Nase kitzeln, noch meine Sinne affiziren. aber hier, ich gestehe es, mußte ich dem Schöpfer innig ergeben danken, daß er mir Macht gegeben, so tief eines guten Menschen Herz zu ergreiffen, und daß wohl kein beßerer Lohn mir je wieder geboten werden wird.

Johann hatte angespannt;, – ich mußte fort, und wir schieden beide mit dem schönsten Eindruk den der Himmel geben kann. – – – –

Piattis haben mich hier gar herzlich empfangen. Meine Wirthin die erst gar nicht Lust hatte mich aufzunehmen, hätte lieber alle Menschen zum Hause hinaus geworfen wie sie hörte wen sie beherberge. Wie innig wünsche ich dich da an meine Seite, Du würdest manchen Genuß haben, von komischer und schöner Gattung. Gestern Abend hatte ich schon ein Ständchen. H. *Dr*: *Vogeler* giebt mir die besten Hoffnungen. Heute früh habe ich schon mit 3 Bechern angefangen. Da komt auch wieder ein hübscher Becher mit. Aber theuer ist es – – na! ich darf gar nicht daran denken so stehen mir die Haar gen Berg. Sonst hielt ich immer die X[er] Länder für so wohlfeil, aber auf dieser Reise werde ich eines anderen belehrt.

Der Prinz Friedrich von Preußen hat sogleich mich ihm vorstellen laßen, und war ungemein freundlich. erzählte mir auch daß hoffentlich *Spontini* nicht wiederkomme, da er alles in Berlin verkauft habe, und seine Frau äußerte, ihr Mann fange an sich in Berlin zu *ennuyieren*. –

Hoffentlich komt Morgen ein Brieferl von Dir. Heute und Gestern habe ich vergeblich darnach gefragt. Wie lange ich hier bleiben werde, kann sich erst nach ein paar Wochen entscheiden. In Frankfurt wollen sie durchaus bei meiner Rükreise Euryanthe geben. Morgen kömt der Kronprinz /: und Frau :/ von Preußen hier an. Es ist erstaunt lebendig und gesellig. Das Eßen sehr gut. Das Wetter herrlich. – was will ich mehr. und nun *ade* für heute. ich küße Mutter und Buben herzlichst.

Gott segne Euch! – seid brav, sonst seztes Haue und in Bett.
ade! ade! ade!

d: 17[t] 11 Uhr.
Nachdem ich gut geschlafen, Heute Morgen aber wieder recht krampfig hustete, welches sich sogleich beim Brunnen trinken legte, dann um 8 Uhr

Meße gehört, und 3 Taßen Kaffee nebst 2 Hörnerln verspeißt hatte, kam Dein lieber No: 3 vom 9^{t} und 11^{t} aus dem zu meiner unendlichen Beruhigung und Freude ein recht heiterer Geist spricht. Habe herzlich gelacht über das schöne freundliche Gesicht, und Deine Neuigkeiten gleich allen Dresdenern mitgetheilt. Nun ist mir aber gewaltig bange vor Deinem nächsten Brief, denn da wirst Du meine Weymarsche Speyerey erfahren und nicht eher ruhig werden, bis der Bruder Gelnhauser ankomt. 7 Tage geht ein Brief hieher. eine lange Zeit. Rolla hat schon lange einen Pik auf *M*:[*orlacchi*] Nun, untereinander mögen Sie sich auffreßen bis auf – – wenn sie nur mich ungeschoren laßen. Der alte *Seconda* hat es also nicht erwarten können – schade um das Mädchen wenn ihr Talent nicht gehörig reif werden kann. *Beral* ist also nicht gekommen, – Meinen Sattler Boße hätte ich sehen mögen mit *H*: [unleserl. Name]

O Du heilloser Schelm, mit Deinem nur!! wie schlecht deklamirt doch die Boßheit. hast Du das bei mir nicht beßer gelernt?

Der alte *Hempel* und Blumenfeld haben mich überrascht, besonders aber lezterer.

Mein guter Maxel,! küße ihn recht herzlich von mir! und wie ich mich freue, daß er brav sei. Mit Deiner Ahndung d: 10^{t} Abends hast Du Dich wieder blamirt, da war ich in Fulda ganz fidel mit *Varnhagens*.

Ja eßet Pillen nur
das ist die beste Kur. – heißt es bei Dir. Ich schreibe Dir ganz ordentlich wie es mir geht. Der Husten war ganz weg, seit ein paar Tagen aber ist er wieder da, in seiner alten Art, Morgens. hoffentlich sind das seine lezten Anstrengungen wenn er das Feld räumen muß. – so eben hat mir Dr: Vogeler eine kleine Fontanelle auf der Brust applizirt. Die Flechte auf dem Rükken ist noch da; die auf der Brust aber nicht wieder gekommen. Den warmen Keßelbrunnen trinke ich mit Ziegenmilch. schmekt wohlthätig und lindernd. Also Lex wird bald *No*: 2 haben? ist er gar nicht krank dabey? Das ist doch ein großes Glük. Es beruhigt mich sehr daß die Mädchen dir keinen Verdruß machen. Laß die Unverträglichkeit der Lene nur gar nicht Wurzel faßen, und sei darin streng. An meinen guten Roth, Kellers *pp* alles herzliche. Nun muß ich putze putze machen, und mich anziehen, heute wird es schreklich voll werden hier.

Brennende Holzstöße auf den Bergen, ein *E* mit 1000 Lampen *pp* sind parat. Gott segne Euch ihr Lieben + + +. ich küße Euch von Grund des Herzens. bleibt Gesund und brav, und behaltet lieb Euren nur Euch in der Welt liebenden treuen Vater *Carl*

[Im Kußsymbol:] Millionen gute Bußen.

No. 7.

d: 16t July 1825.

Laß Dich begrüßen mein geliebtes Leben, aus Ems. endlich bin ich glüklich und gesund mit den [illegible] gestern Vormittag um 11 Uhr angekommen, und sitze hier in ein kleinen kleinen Stübchen, Parterre, am Garten, nimm Bäder nicht eher an, in den 4 Thürmen, recht gut. d: 13t wo ich die Beilage schrieb, aßen wir, Gottfried und ich tüchtig zusammen, wo denn und die beiden Gesellschaft nicht angegriffen wurde. Nachmittags sahen wir die herrliche Ariadne von Dannecker, und abends den Othello, den Wild wirklich vortrefflich sang und gründlich spielte. Nach dem Souper fuhren [illegible] nach Darmstadt und ich [illegible]. d: 14t früh ½ 7 Uhr ging nach Wiesbaden, wo ich [illegible], Häser und [illegible] fand, und viele andere Bekannte. Abends bei Schwalbach. auch ein Bad am schönen Tage, und endlich gestern d: 15t um 5 Uhr fort und um 11 Uhr hier. Da fand ich denn gleich mehr Bekannte als mir lieb war. Bei Tische war es lustig und angesehen wie so einer den andern und [illegible] daß ich die Ehre, wie die Musik der [illegible] arrangirt hatte, und endlich einige [illegible] mein Geheimniß entdeckt, und mein liebes incognito vollends verloren ging. Das that mir sehr leid, denn ich hatte großen Spaß an den [illegible] die ich glaubte die in meiner Nähe über mich gesprochen wurden, und die mir auch zum Theil vermittelt. In Wiesbaden aber hatte ich wirklich einen [illegible] Spaß der Art. Ich saß neben Dr. Horn neben mir, ein höchst gebildeter Mann und großer Musikfreund. Nachdem wir über Litteratur und viele Dinge recht interessante Gespräche geführt hatten, ihm bemerkte, daß ich auch Musiker sei, und er sagte er in Leipzig studiert hatte, so frug er mich nach [illegible], [illegible] und der [illegible] Musik, brachte denn endlich auch das Gespräch auf den Freischütz, [illegible] ich mich äußerst künstlich allen Fragen die mich hätten verrathen können und, bis denn endlich der Mann, ganz erstaunt mich in allem so zu Hause zu wissen nach meinem Namen fragte, und, und ich ein ehrlicher Mann, und ich konnte also nicht umhin zu gestehen, daß ich Weber hieße. Weber? sagt er, ganz erstaunt, Gottfried W. ? Nein! sagte ich: also der Berliner? — der ist lange todt. also — mit einem freudigen [illegible] Blick den Athem anhaltend, — doch nicht — Carl Maria v. Weber? sagte ich ganz ruhig und ich [illegible]. — Da fühlt sich [illegible] [illegible] der Mann, wie vom Donner gerührt 5 Minuten unbeweglich stille und starr saß, und endlich indem ihm die Augen [illegible] wurden, ganz andächtig stille sprach, — [illegible] [illegible] Gott es ein Glück erlebt zu haben. — Du weißt liebe Lina, daß die größten [illegible] [illegible] und eine Masse Kitzel nicht mir Dein [illegible]. aber hier, ich gestehe es, mußte ich den Blick [illegible] [illegible] daß er mir [illegible] gegeben, so viel mich guten Menschen Herz zu ergreifen, und daß wohl kein besserer Lohn mir je wieder geboten werden, wird.

[illegible]

[illegible] Gestern Abend [illegible]

Hr. Dr. Vogeler [illegible]

[illegible]

Morgen [illegible]

Ade! ade!

d. 17. 11. 4.

[illegible] No. 3 [illegible]

[illegible]

An die Hochwohlgebohrne

Freyfrau Carolina von Weber.

im Löschischen Garten

Dresden.

Weber an seine Gattin in Dresden (Brief Nr. 8)
Aus Bad Ems, Dienstag/Mittwoch, 19./20. Juli 1825

An die Hochwohlgebohrne
Freyfrau, Carolina von Weber.
in Kosels Garten
zu
Dresden

Ems d: 19t *July* 1825.

Nro: 8.

Nun, meine geliebte Mukkin ist mein einförmiges Leben geordnet, und ich bin so beschäftiget daß ich wahrlich nicht einmal zum Schreiben komme. dazu trägt noch die entsezliche aber gewiß wohlthätige Hizze bei, wo man nur so ganz still im Schatten sizt, und doch in Schweiß gebadet ist. Wenn ihr auch so herrliches Wetter habt wie ich seit 10 Tagen so werdet ihr recht den Garten genießen. Der Himmel erhalte es nur so. Ich habe hier schon um 7000 Bekannte mehr als mir lieb ist; und ich mag flüchten wohin ich will so sucht man mich auf. Da nun·aber auch recht geistvolle und liebe Leute darunter sind, so habe ich wirklich einen recht angenehmen Aufenthalt, und amüsire mich so gut, als es mir nur immer in einem Bade möglich ist. Heut habe ich nun schon 5 Becher getrunken.

d: 20t So weit war ich Gestern als ich gestört wurde und nicht wieder zum Schreiben kam. Mein Tagewerk ist nun folgendes. um 5 Uhr auf und 7 Becher getrunken, darüber komt 8 Uhr heran. Dann eine Stunde spaziert, und in Gesellschaft gefrühstükt im Garten oder der Allee, wo ich meistens eingeladen bin. Das schmekt gut. Dabei wird es 10 Uhr und man schlendert ganz langsam nach Hause. um 11 Uhr ins Bad; dann die 2t *Toilette* gemacht, und zu Tische in den Kursaal, da hokt man bis 3 Uhr, dann wird Kaffee im Freyen getrunken, und irgend eine Parthie wohin gemacht. um 6 oder 7 versammelt man sich wieder an der Quelle, um ½ 9 ißt man ein Suppel und *Complott*, und geht hundemüde in Bett. Hier hast Du mein Schlaraffenleben im allgemeinen, und nun noch zum speziellen. d: 17t nachdem ich meine *No*: 7 abgeschikt hatte, war den ganzen Abend groß Halloh wegen der Ankunft des Kronprinzen von Preußen. ich fuhr um 6 Uhr spazieren um der Hottos willen, und sah dann die Geschichte mit an. Er kam erst nach 9 Uhr, auf dem höchsten Berge war ein ungeheurer Holzstoß entzündet was einen herrlichen Effekt machte, besonders wie sich das Feuer in der Lahn spiegelte, und die ganze Gegend magisch beleuchtete. auf einer anderen Seite an einem Berge ein 32 Fuß hohes *E* mit 1000 Lampen beleuchtet, und dazu noch des Mondes Sichel; Eine ganz warme Nacht, wo sich kein Lüftchen regte, und man sich eine kleine Idee von dem Vesuv machen konnte. d: 18t 4 Becher, Kaffee bei Jasmunds. Mittag im Kurhause. Nachmittags und Abends immer auf die Kronprinzeßin gelauert, die endlich erschien. Mein Fontanell wirkt gehörig, und gehört eben nicht zu den angenehmsten Dingen. Eine Müzze habe ich mir auch gekauft eingedenk Deines Befehls. Gestern d: 19t 5 Becher. Kaffee bei Oppenheimers aus Berlin, dann große *Conferenz* wegen einer Esels Parthie. Du mußt nehmlich wißen daß hier über 70 Esel sind, jeder hübsch gesattelt, /: Damen und Herrn Sättel :/ und von einem Führer begleitet. auf diesen macht man nun alle die steilen Berg Parthien, die sonst unzugänglich wären. Du hast keine Idee wie romantisch eine so berittene Gesellschaft aussieht, und was für komische Geschichten immer dabei paßiren. Z: B: die Esel stehen unter einem Dache im Freyen. wie die erste Rakete stieg, die Anwesenheit des Kronpr: anzuzeigen, gingen die Bestien alle durch, und erhoben ein fürchterliches Geschrey, welches wie Hurrah klang, und worüber entsezlich gelacht wurde.

Eine solche Parthie hatten wir denn Gestern aufs Jägerhaus gemacht. ich habe vortrefflich darauf geschlafen, und war heute Morgen munterer als gewöhnlich. Gestern nahm ich auch mein erstes Bad, welches ein sehr angenehmes Gefühl macht. Heute habe ich nun 6 Becher, dann dem Prinzen Friedrich Visite gemacht, und jezt gehe ich ins Bad. Der Husten hat schon wieder etwas nach gelaßen, und ich befinde mich wirklich recht wohl. Möge ich daßelbe doch auch von Dir geliebtes Leben, und meinen Buben hören. Vergebens habe ich bis jezt auf ein Brieferl gehofft. der wird nun erst Morgen kommen. Heute Mittag eße ich bei Piatti. Was hörst Du von Böttger? Besuche doch die Knobloch und den Liederkreiß, wenn es schön Wetter ist. NB: Weißt Du daß *Devrients* in Berlin sind? und Sie krank? – – Nun lebe wohl, mein geliebtes Leben. ich drükke Dich innigst an mein Herz, und meine Buben dazu, grüßt alle Freunde herzlichst, und denkt gern und heiter an Euren fernen und Euch doch immer nahen Vater *Carl.*

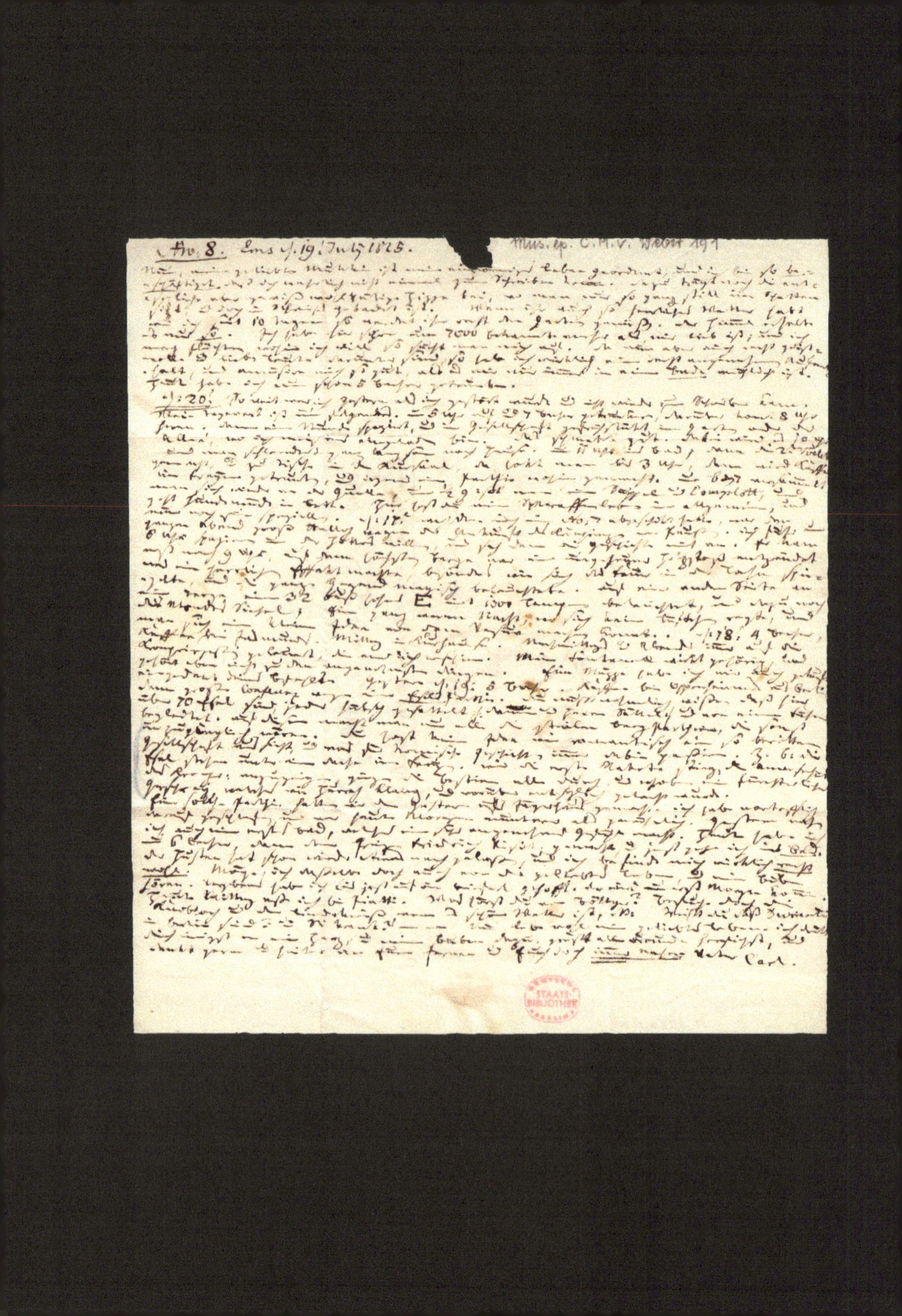

No. 8. Ems d. 19. July 1825.

[illegible]

d: 20. [illegible]

[illegible]

Carl.

An die Hochwohlgebohrne

Freyfrau Carolina von Weber.

in Kosels Garten

fr.

7 gr

Dresden.

Weber an seine Gattin in Dresden (Brief Nr. 9)
Aus Bad Ems, Samstag/Sonntag, 23./24. Juli 1825

Ems d: 23[t] *July* 1825.

No: 9.

Da sind wieder 2 Tage verstrichen wo ich nicht mit meiner guten Mukkin plaudern konnte, obwohl Sie es so lieb und gut in Ihrem Brief No: 4 vom 12[t] und 13 gethan, den ich d: 21[t] erhielt, und mit großem Herzklopfen eröffnete. ich fand aber gottlob daß du recht brav warst, und daß meine bald aufeinander folgenden Briefe Dich bald beruhigen mußten. Mit meiner Laune geht es im ganzen recht gut, und außer einer gewißen Wehmuth, und Sehnsucht nach Euch, kann ich sogar recht lustig sein. Mein ganzes Nervensystem ist sichtlich kräftiger und weniger reizbar, und daraus geht auch mein Wohlbefinden hervor. Johann hat mich nicht weiter geärgert, im Gegentheil muß ich ihn als exzellenten Kutscher rühmen, und wenn er auch ein QuängelPeter ist, und alles so komode haben will wie zu Hause, so ist doch immer die Sorgfalt für seine Thiere die Ursache dazu. Das Wetter ist herrlich. ein paar Tage war es kühler und heute Morgen regnete es, jezt aber ist der Himmel schon wieder heiter. Was den H: *v. Martini* betrifft, so soll er zum Gukguk gehen. während ich das Geld verschwende, sollte meine Mukkin sparen? und mit den Kindern sich der nothwendigsten Gartenluft entschlagen? Nein, nein, daraus wird nichts. Nun sind wir einmal da eingewohnt, allem Glauben nach bekommen wir einen sehr schönen Herbst, und da wollen wir noch 5 - 6 Wochen miteinander recht fröhlich sein, und den Garten genießen. Also mein Kompliment, und es wär nitz! Das freut mich recht, daß Du Dir endlich ein Herz gefaßt, und in meinem Bette geschlafen hast. gewiß ist es beßer und nicht so beängstigend als in den kleinen Käfferchen. Und siehst Du! da bist du gleich vergnügter und ruhiger aufgestanden. Für Mosje Max bitte ich sehr um Rhabarber, denn mein guter Junge ist doch sonst nicht so unbändig. Daß *Devrients* in Berlin angekommen waren, hatte ich gehört, daß Sie aber so schnell nach Hause giengen hätte ich nicht geglaubt. Doch es ist gut so, daß sie etwas braucht und sich erholt. Also hat *Euryanthe* ihre Schuldigkeit gethan? Gottlob! –

Nun kommen meine Neuigkeiten. Wolfs kommen hieher, und die Milder. auf ersteren freue ich mich sehr. d: 20[t] war ich Mittags recht angenehm bei Piattis. Abends war Gesellschaft im Saale. und ich erhielt einen Brief von *Kemble* der in wenig Tagen hier eintreffen und die Sache mit mir ordnen wird. Er warf meine Bedingungen gar nicht weg, und meint wir würden uns schnell einigen. wenn er also nur die Hälfte zugiebt, so kann ich schon auf ein hübsches Sümmchen rechnen.

Wie ruhig und fröhlich will ich sein wenn Gott mir noch die Beruhigung schenkt, Euch sorgenfrey zu wißen. – Der 21[t] vergieng in der täglichen geschäftigen Nichtsthuerey des Trinkens, Badens, An, und Ausziehens *pp.* und wurde erheitert durch dein liebes *No*: 4. d: 22[t] Machten wir in 3 Wagen, nach dem Trinken, um ½ 10 Uhr , die herrliche Parthie nach Koblenz. Ein bedekter Himmel mit einzelnen Sonnenblikken begünstigte uns sehr. wir fuhren auf der Mosel und dem Rhein, aßen in Thal Ehrenbreitenstein zu Mittag, und besahen nach Tische die neue Festung. Welche Aussicht!!! Wunderherrlich. und um 7 Uhr waren wir wieder in *Ems*. Die *Hothos* laufen wie beseßen, und der Johann ist nicht wenig stolz darauf, daß die *Dresdner Equipage* die schönste hier ist; obwohl seit Gestern mich Bethmann ein bischen in Schatten stellt. Heute Mittag habe ich beim Prinz Friedrich gespeißt, Kaffee bei *Leerse* getrunken, und dann bin ich davon gelaufen um endlich mit Dir zu plaudern, und nun gehe ich ins Konzert eines H. Gehring, Violinspielers. Die Bäder sind äußerst mild und angenehm. sie jagen mir an vielen Stellen des Leibes und der Brust einen Friesel heraus. Mein Kopf ist frey, meine Glieder leicht. Apettit, Verdauung und Schlaf gut; aber ich huste öfter wie sonst, und die Heiserkeit ist ohngefähr so wieder, wie ich abreißte. Doch ist mein Arzt zufrieden, und ich bin es auch, in Hoffnung auf die Folgezeit. Ich muß nur immer noch zu viel sprechen; und ich mag fliehen wohin ich will, man findet mich auf und hält mich fest. Mündlich werde ich Dir manche spaßhafte Anektodte erzählen können. Nun aber *ade* für Heute. Gute! gute Nacht! Ihr Lieben!!! was habe ich für Sehnsucht nach Euch! – – Geduld – wenn ich Euch nur erst wieder ansingen kann!!! – –

d: 24[t] So eben erhalte ich Deine *No*: 5 vom 16 und 17[t] und bin herzlichst erfreut daß der *Gelnhauser* seine Schuldigkeit gethan und Dich beruhigt und so liebenswürdig gemacht hat. Wenn ich Dich also zu Hause einmal so recht extra *bon jour* haben will so werde ich Dir einen Brief schreiben müßen. ich werde fast eifersüchtig auf den *Hr*: *v*: *Bezahlhaas* werden, er ist ganz der Mann darnach. O! ich laße mir auch die *Cour* machen von all denen Damen. Kannst aber ganz ruhig sein, es giebt nur eine Mukkin für mich. – Du guter alter Hamster. Da hast'n Buß [Kußsymbol].

Das ist hübsch von dem alten *Hedenus* daß er Dich besucht, und noch viel hübscher von Dir daß Du ihn nicht brauchst. Die *Hothos* sind ganz dik und fett. ich sagte dem Johann daß seine Frau noch nicht nach ihm gefragt habe, ach die – sagte er. – – Das mit der Lene wäre sehr fatal. hast du es ihr denn nicht vorgehalten? Wenn *Mosje Beral* nicht zu dir komt so thut es auch weiter nichts, laß ihn laufen. Du hast sehr Recht wenn Du glaubst daß T.[ieck] viel zu viele Leute *engagirt* – Meinetwegen – sollen nur mich gehen laßen. Also das Eßen gewöhnst Du Dir ab? Ey! Ey! Da werde ich nicht Gesellschaft leisten können, mir schmekt es recht gut. aber freilich Abends eße ich auch nur Suppe und *compot.* Du hast Recht, Roth alles zum Aufheben zu geben. brauchst Du denn aber nichts? ich bitte mir es aus daß Du nicht etwa übertrieben sparst und Dir es an der Seele abknikkerst. Hat denn *Devrient* die *Euryanthe* nicht abgeliefert? und wie steht es mit der Abschrift für München? Bärmann hat mich dringend daran errinnert. sie wollen sie im 7^{ber} geben. Mit dem Ton angeben ist es nitz mehr, mein gutes Herz! hab ja noch keine Stimme. Vielleicht kömts mit der auch wieder. Heute sind 3 verschiedene Parthien *arrangirt* worden, man hat mich zu jeder so schön gebeten, nitz!!! Stumm wie ein Fisch, und ins Bad. So Parthien auf den ganzen Tag, bringen aus aller Ordnung. Nachmittags ja, wenn alle Geschäfte vorbei sind, da ist es was anderes. Ich habe hier noch 3 – 4 Personen gefunden die damals auch hier waren, was mich recht freute. Das gestrige *Concert* des H: *Gehring* war schauderhaft; aber doch sehr kurz.

Die Hizze war bei uns durch 6 – 7 Tage zwischen 25 – 30 Grad. Du kannst also denken wie sie war. nun ist die Luft etwas abgekühlt aber doch noch schön warm. und nun heißts schließen. Grüße mir alle schönstens, meinen Herz Max und Lex küße ich innigst, die alte treue brave Mukkin umarme ich in treuster Liebe. Gott segne Euch Alle + + + und erhalte Euch froh und Gesund Eurem nur

durch Euch in der Welt lebenden treuen
Vater *Carl.*

No. 9.

Ems d: 23. July 1825.

[illegible]

d: 24. [illegible]

Weber an seine Gattin in Dresden (Brief Nr. 10)
Aus Bad Ems, Mittwoch, 27. Juli 1825

An die Hochwohlgebohrne
Freyfrau, Carolina von Weber.
zu
Dresden.

Ems d: 27[t] *July* 1825.

No. 10.

Wenn ich Dir nicht meinen Gesundheits Rapp[ort] [ab]zustatten hätte, und ein bischen mit Dir plaudern müßte, meine innigstgeliebte Lina, so wüßte ich Dir gar nichts zu schreiben aus dieser einförmigen sich täglich ganz gleich wiederholenden Müßigkeit. Das ist recht fatal daß ich immer Mittwochs meinen Brief abschikken muß, und die Deinigen erst Donnerstag erhalte, wo ich dann mit der SonntagsPost 2 zu beantworten habe. Das läßt sich nun aber nicht anders eintheilen, und man muß Geduld haben; was man überhaupt im Baade lernen kann. Mein Befinden ist sehr gut bis auf den dummen Husten ohne welchen ich ganz gesund wäre. ich werde auch ein bißel fetter, brauche beim Rasiren nicht mehr zu fürchten daß ich mich in die Bakkenknochen schneide; und das Fangeisen sizt auch wieder ganz fest. Gestern Nachmittag habe ich in Naßau die Ruine bestiegen und zwar ganz leicht, ohne im geringsten angegriffen zu sein. *Dr. Vogler* greifft aber die Sache mit Nachdruk an, und zapft mich von allen Seiten an. Auf der Brust das liebenswürdige Fontanell, und auf den Pops soll ich heute Nachtische Blutigel kriegen. eine fatale Komißion. Nun! – ich thue alles was man will, wenns nur hilft. – Gestern, und Vorgestern, besonders habe ich meine traurigen Tage gehabt, doch war es nicht so arg wie zu Hause, und da ich Gestern Morgen fast gar nicht hustete, war ich bald wieder heiter und guter Dinge. Auch kann ich nicht genug rühmen wie alles sich bestrebt mir den Aufenthalt angenehm zu machen. Abends werden meistens so kleine Spiele gespielt von denen ich mich immer zurükzog. Vorgestern holte mich aber der Prinz Friedrich selbst aus dem Garten dazu, und ich mußte *nolens volens* mit spielen; ja sogar einmal zu meinem großen Schrekken herumwalzen. Denke Dir!!! um 9 Uhr aber echappirte ich glüklich. – Keine Tageszeit vergeht wo ich nicht an Euch ihr Lieben denke und bei Euch bin und mir vorstelle was ihr macht und treibt, wobei mein großer Trost das schöne Wetter ist, was ihr hoffentlich eben so habt wie wir, und das mit kleinen Unterbrechungen äußerst günstig ist. Nun ist es schon in der 4[t] Woche daß ich von Dir entfernt bin. Nun, gottlob die

Hälfte ist also überstanden, und obwohl ich die große Kur gebrauchen soll, und auch da das Opfer einmal gebracht ist, mit einigen Tagen nicht geizen will, so bin ich doch schon auf der Spizze des Berges, und was nun kömt, geht schon wieder Bergab und heimwärts. Wenn ich nur zu Hause noch einige Ruhe habe, und die Nachkur noch ordentlich abwarten kann, weshalb ich mich auch bezwingen werde so langsam als möglich zu reisen, damit ich nicht wieder etwas verderbe. Hörst Du gar nichts von Böttger? Ich habe noch immer nicht dazu kommen können an Lüttichau zu schreiben. Siehst Du ihn zufällig so entschuldige mich doch. man wird hier so faul, so schreibescheu. keinen Buchstaben habe ich hier noch geschrieben als an Dich; und mit Noth zwinge ich mich meine täglichen Ausgaben zu notiren. Ein Geschäft das freylich nicht das lustigste ist, da man hier bei der größten Oekonomie sehr viel braucht. am billigsten komme ich noch im Ganzen mit den Pferden durch, die nicht viel mehr wie zu Hause kosten, ausgenommen die 8 gr: die ich täglich dem Johann für Kost gebe. Obwohl ich fast gar keine Parthien mitmache, so giebt es doch so mancherley Ehren Ausgaben, daß das Geld nur so wegfliegt. Z: B: ins Armenhauß, zur Ankunft der Prinzeßin das Feuerwerk 8 f. und dergleichen Dinge, wovon man sich nicht wohl ausschließen kann. ich für meine Person verzehre täglich ohngefähr 1 rh: 8 gr: – Ja, wer *A* gesagt muß auch *B* sagen, und wenn es hilft so wollen wirs nicht bereuen, nicht wahr meine Alte? ich habe mir hier auch so ein wollnes Leibchen gekauft für 2 rh: 12 gr: recht hübsch. frage doch einmal was der Hauptmann gegeben hat, damit ich weiß ob ich mir soll noch welche kaufen. Ich umarme Dich meine innigstgeliebte Mukkin in treuster Liebe. küße meine Buben, und gebe Euch <u>gute</u> <u>gute</u> + + +. Gott segne Euch, und erhalte Euch gesund. an den alten Vater denkt ihr wohl auch ohne errinnert zu werden, so wie auch er nur für Euch lebt, denkt und wünscht.

Ewig dein
Carl.

[Im Kußsymbol:] Millionen gute Bußen.

1000 Grüße an Roth, Kellers, die Fräuleins *pppppppppp*

No. 10. Ems d: 27t Juli 1825.

[illegible]

Ewig dein Carl.

an die Hochwohlgebornen

Freyfrau, Carolina von Weber

20. 6

7

8

Dresden.

Weber an seine Gattin in Dresden (Brief Nr. 11)
Aus Bad Ems, Donnerstag, 28. Juli und Sonntag, 31. Juli 1825

An die Hochwohlgebohrne
Freyfrau, Carolina von Weber
zu
Dresden

d: 28[t] *July* 1825

No: 11.

So eben erhalte ich deinen lieben No: 6 vom 20 und 21[t]. Ich kann dir nicht genug sagen welche Freude es mir macht, wenn du so recht ausführlich mit mir plauderst. ich fühle mich dann so ganz nach Hause versezt, daß ich ganz mit Euch alles erlebe. 1000 Dank dafür. Also 9 Junge Alis? wieviel hast du denn davon behalten? das war gewiß ein Fest für Mosje Max, das er mit den kleinen Hundchens spielen kann. Kann denn die Haas noch gar nicht daran denken zu spielen? in diesem Fall brauchten wir freylich Jemand für ihr Fach, aber was mit ihm anfangen. Doch, mir ist das alles unendlich gleichgültig. Bin recht froh daß ich während des Gastspiels des H: *Berals* nicht anwesend bin, ich hätte doch nichts für ihn thun können, und somit ist's so beßer.

Die *Silvana* kann immerhin abgeschrieben werden, ich brauche sie doch einmal irgendwohin. von *Kembles* Antwort bist du nun schon unterrichtet. ich erwarte ihn täglich. Heute soll auch *Wolf* ankommen. Was die Hoffmanns von den hiesigen Ärzten sagen hat etwas Wahres, du kannst aber glauben daß so ein berüchtigter Patron als ich Ihnen doch am Herzen liegt. Nach Schwalbach gehen wohl Einige von hier, aber nur in besonderen Fällen.

Wegen Erkältung u: s: w: kannst du ganz ruhig sein. ich bin sehr vorsichtig. Gestern Abends um 6 Uhr wurden mir die 7 Blutigel aplizzirt. Nachdem sich die Herren vollgesoffen hatten, saß ich ¾ Stunden auf einem Dampfbade, wurde dann verbunden, aß eine Schale Boullion und ging um 9 Uhr ins Bett wo ich herrlich schlief, heute Morgen aber das 12 fach zusamengelegte Handtuch noch ganz durch geblutet fand. Doch konnte ich um 6 Uhr an den Brunnen gehn, und jezt ist alles heile Kätzchen. Es hat mich aber sehr aufgeregt, und Husten und Heiserkeit waren heute früh noch ärger als die lezten Tage. *Dr. Vogler* aber sagt daß ich Morgen mich ganz wohl und erleichtert fühlen würde, da diese Operazion doch sehr den ganzen *Organismus* in Erregung bringt. Gottlob und Dank daß es dir so wohl geht. bade nur recht fleißig, denn wer weiß wie lange wir das schöne Wetter behalten. Mein dummer

Hals. wenn der nicht wäre, wär ich so gesund! – Ja ja, Madam, faul wird der Mensch gleich, und gewöhnt sich unglaublich schnell an das Bequeme. aber gehe Sie nur, das ist ihr recht gesund.

Also der 2te Zahn auch so unbemerkt bei dem guten freundlichen Alex? – wie gnädig ist doch Gott gegen uns. laße es uns ja erkennen und durch fröhlichen Muth verdanken. ich will sehen was du in dem Stükke leistest wenn ich nach Hause komme. ich bin offenbar viel heiterer. Also der wächserne *Carl* ist gut? nun, so wird es der silberne wohl auch werden. Die Vorhausschlößer kann ich mir nicht aufbinden laßen, ich war nicht zulezt im Quartier. Roth hat ja die Musik für *Beers* herausgeholt wie ich weg war. Etsch, etsch! pak ein mit deinem Triumph. ‚s ist nitz!!! O weh! Roth hat das Geld nicht genommen? da kann ich warten, dergleichen Leute glauben ihr Gewißen beruhigt wenn sie sich einmal erboten haben ihre Schuld zu bezahlen. Der arme Hellwig!!! – –

Nun *ade* für Heute. Muß noch an Bärmann und Gottfried schreiben.

ich küße Euch alle 3 innigst in treuer Liebe. *adé*, *adé*. *adé*.

d: 31[t] Wie fröhlich und glüklich hat mich dein lieber *No*: 7 vom 23 – 25[t] gemacht. Wenn Gott uns beiderseits die Kraft schenkt fröhlich zu sein, und seine Gaben zu genießen, so bleibt uns ja nichts mehr zu wünschen übrig. Seit 2 Tagen geht es mir wieder viel beßer, und der krampfige Husten läßt bedeutend nach, so, wie die ganze Erregbarkeit. Wenn ich nur überhaupt den Menschen mehr entfliehen könnte; aber das ist eben das Schlimme daß das was mich erheitert, mich doch auch wieder zu sehr fatiguirt. Wolfs sind nun auch angekommen, und haben mich noch um das bißel Zeit gebracht die ich übrig hatte, sie grüßen herzlichst. Du lebst also auch im Troubel? nur immer drauf los, so ist's recht. Den Brief von *Mailath* öffne. vielleicht steht etwas für *Lüttichau* darinn . Was du mir von Maxel erzählst ist gar so lieb. und ich muß dann recht an mir druksen, daß ich nicht weich werde. – jezt muß ich ins Waßer. Zanke nicht über meine kurzen Briefe, aber ich bin erschreklich beschäftiget, und will dir auch desto mehr erzählen. Gott erhalte Euch nur alle so gesund und fröhlich. Der treue alte Vater giebt gute gute + + +, hat heute früh für Euch Alle in der Kirche gebetet, und hofft nun bald wieder Euch zu umarmen. In treuer Liebe ewig Dein

Carl.

No: 11. d: 28 July 1825 —

[illegible]

Carl.

[illegible] R.1

an die Hochwohlgebohrne

Freyfrau Carolina von Weber

7

8½

Dresden

„gebechert, gefrühstükt, geplaudert, gelaufen ...“ – Webers Kuralltag in Ems

Noch am Tag seiner Ankunft hatte Weber den Badearzt Hofrat Dr. Johann August VOGLER (1790-1860) aufgesucht, der gemeinsam mit dem Obermedizinalrat Dr. Sebastian Johann Ludwig Döring (1733-1835) und Geheimrat Dr. August Friedrich Adrian Diel die Kurgäste betreute. Auch den für Badegäste obligatorischen Trinkbecher hat Weber an diesem Tag noch erworben und dann am 16. Juli morgens um 6 Uhr mit dem Trinken der ersten drei Becher aus dem Kesselbrunnen im oberen Kurhaus begonnen. Bis zum 22. Juli steigerte sich diese Zahl auf 7 Becher, erst gegen Ende der Kur ging die Zahl wieder auf 5 zurück. Dabei nahm diese frühmorgendliche Trinkprozedur einige Zeit in Anspruch. Thilenius schreibt in seiner Anleitung für Bade- und Brunnengäste: „Unerlaßliche Bedingung beim Trinken ist fortgesetzte B e w e g u n g. Diese macht man sich theils in den Gallerien, theils und noch besser im Freien; sie sey aber mäßig, nie bis zum Schweiße [...]“. Das Mineralwasser wurde dabei nur schluckweise genossen und nach dem letzten Becher sollte ein 15-20minütiger Spaziergang folgen. Das Frühstück stand „nie früher als eine volle halbe Stunde nach dem letzten Glas Wasser“ auf dem Programm. Meist erst daran anschließend wurde im Wasser der Heilquelle gebadet. Weber vermerkt insgesamt 24 Bäder, nicht jedoch den Ort. Vermutlich konnte er aber das 1822 erbaute kleine Bad in seiner Unterkunft nutzen. Nach dem Mittagessen – oft im Kurhaus – waren ein längerer Spaziergang oder Ausflüge in die nähere Umgebung empfohlen. Damit sich die Gäste beim Erklimmen der umliegenden Höhenzüge nicht zu sehr anstrengen mußten, war als Fortbewegungsmittel der Esel besonders beliebt. Dazu bemerkte schon 1816 Thilenius:

> „Die äusserst romantischen Parthieen der steilen Berge, besucht man auf E s e l n; für Schwächliche und an der Brustleidende, für alle, die leicht schwitzen, die angenehmste und zuträglichste Art zum Fortkommen. Der Esel ist leicht zu besteigen, geht sicher, trägt eine schwere Last, und giebt eine sanfte, behagliche Bewegung. Die Eselreiterei, die in Schwalbach und Schlangenbad schon längst eingeführt ist, gewinnt auch in Ems immer mehr Beifall [...]“[36]

Weber erwähnt im Tagebuch und in den Briefen nur wenige Eselstouren: am 18. Juli zum Jägerhaus, am 30. Juli auf den Wintersberg, am 11. August (kein

[36] Vorstehende Zitate aus Thilenius, a. a. O., S. 74, 100 u. 113.

Ziel angegeben) und am 13. August zur Sporkenburg – weitere Wege konnte er ja mit seinem eigenen Wagen zurücklegen.

Die Abende verbrachte Weber häufig im Kursaal, gelegentlich auch einmal im Spielsalon, den Peter Nikolaus HUYN (Pierre Nicolas Huyn) in seinem „Gesellschaftssaale" eingerichtet hatte. Dort fanden auch Konzerte oder am Sonntag Bälle statt. Empfohlen wurde, sich bereits um 22 Uhr zur Nachtruhe zu begeben.

Schon zwei Tage nach seiner Ankunft vermerkt Weber im Tagebuch: „Ein Fontanele auf die Brust bekommen" (vgl. auch Brief Nr. 7). Nach der *Allgemeinen Hand-Encyclopädie für die gebildeten Stände* (Altenburg u. Leipzig 1817, Bd. 3, S. 698) war „Fontanelle, insgemein Fontenell, ein künstlich hervorgebrachtes Geschwür an irgend einem Theile auf der Oberfläche des Körpers, das immer offen erhalten wird, um dadurch unreine Säfte und Feuchtigkeiten abzuführen". Erst am 27. Oktober in Dresden notiert Weber in seinem Tagebuch „Fontanell zu"! Am 27. Juli wurden nachmittags um 18 Uhr zusätzlich „7 Blutigel" angesetzt (vgl. Brief 10).

„ich bin erschreklich beschäftiget" – Weber und das Emser Gesellschaftsleben

Laut 7. Kurliste der Saison 1825 war am 1. Juli PRINZ FRIEDRICH Wilhelm Ludwig von Preußen (1794-1863), ein Neffe des Königs von Preußen, mit seinem Adjutanten Freiherr von Strantz im Ems eingetroffen. Er blieb bis Anfang August und Weber, der ihn möglicherweise schon von früheren Aufenthalten in Berlin kannte, war häufiger sein Gast.

Mit feierlicher Illumination wurde am 17. Juli die preußische KRONPRINZESSIN ELISABETH Luise (1801-1873), Tochter des Königs von Bayern Maximilian I. Joseph, begrüßt, die in Begleitung ihres Gatten, des Kronprinzen Friedrich Wilhelm von Preußen, späteren Königs Friedrich Wilhelm IV. (1795-1861), mit dem sie seit 1823 verheiratet war, im sogenannten Lahn-Bau im Kurhaus abstieg und mit ihrem Hofstaat immerhin 28 Zimmer in Beschlag nahm. In ihrem Gefolge befand sich auch der Leibarzt der Kronprinzessin und medizinische Schriftsteller August Wilhelm von STOSCH (1783-1860), der in Brief 12 erwähnt ist. Der Kronprinz selbst, dem Weber in den Jahren 1816 und 1821 in Berlin öfter begegnet war, reiste von hier aus gleich weiter nach Brüssel zu Feierlichkeiten anläßlich der im Mai 1825 erfolgten Vermählung seiner Schwester Luise mit dem niederländischen Prinzen Friedrich. Das Kronprinzenpaar hatte auf der Reise nach Ems u. a. einen Zwischenaufenthalt in Karlsruhe zu einem „Verwandtentreffen“ mit den Eltern der Kronprinzessin genutzt. Die Weiterreise nach Ems erfolgte gemeinsam mit dem Markgrafen Leopold, dem späteren Großherzog von Baden (1790-1852) und dessen Gattin Sophie, Prinzessin von Schweden (1801-1865), die sich bis zum 13. August ebenfalls in Ems aufhielten. Die Kronprinzessin, die bis zum 27. August in Ems blieb, suchte das Bad vermutlich in Zusammenhang mit einer bei Varnhagen von Ense erwähnten möglichen Fehlgeburt auf[37]. Das Paar blieb kinderlos.

Nachdem Weber am 3. August an einem Ball der Kronprinzessin teilgenommen hatte, den diese aus Anlaß des Geburtstags des Königs von Preußen im großen Kursaal veranstaltete und zu dem „die in Ems, Coblenz und in der Nachbarschaft befindlichen höchsten und hohen preußischen und fremden Militair- und Civil-Autoritäten und Herrschaften, wie auch eine große Anzahl der Emser Kurgäste festlich geladen worden waren“[38], kam es am 10. August durch Vermittlung der Gräfin Wilhelmina Frederika Adelaide de Perponcher, Gattin des Königlich Niederländischen Außerordentlichen Gesandten und bevollmächtigten Ministers am Preußischen Hof, Graf Heinrich Georg de Perponcher (1771-1856), zur „nähere[n] Bekanntschaft“ (Brief 14), die weitere Einladungen zu geselligen Abendveranstaltungen der Kronprinzessin zur Folge hatte. Am 17. August notierte Weber für sie den „Max-Walzer“ (vgl. unten, S. 119), eine weitere Niederschrift erhielt die Petersburger Fürstin M. A. Galitzin, die mit Prinzessin Alexandra Galitzin im *Englischen Hof* untergekommen war. Galitzin und die Frau des Russischen Kaiserlichen Generalmajors von Narischkin aus Odessa, die im *Kleeblatt* wohnte, hatten laut Tagebuch das Vergnügen, Weber am 5. und 10. August als Pianisten zu erleben.

Zu den weniger hochgestellten Persönlichkeiten, mit denen Weber nahezu täglich Umgang pflegte, gehörten zwei Familien, die ihn auch auf den Ausflügen nach Koblenz und Nassau begleiteten: der Frankfurter Bankier Leerse, der vom 1. bis 28. Juli in Ems kurte und sich nochmals vom 30. Juli bis 2. August dort aufhielt, sowie der Kaufmann Helmcke mit Gattin aus Hannover, die am 15. Juli angereist waren. Häufiger genannt sind auch die Familie des Königlich Preußischen Kammerherrn und Landrats von Jasmund aus Wittenberg, die mit Piattis im *Nassauer Hof* logierte, und die beiden Bankiers G. W. und C. D. Oppenheim aus Berlin. Am 29. Juli traf dann das

[37] Karl August Varnhagen von Ense, *Blätter aus der preußischen Geschichte*, Bd. 3, Leipzig 1868, S. 62 und 159.

[38] *Königlich privilegirte Berlinische Zeitung von Staats und gelehrten Sachen*, Nr. 189 (16. August 1825).

Schauspielerehepaar Pius Alexander Wolff (* 1782 oder 1784) und Amalie Wolff (1783-1851) in Ems ein und bezog ebenfalls ein Quartier im Haus mit den vier Türmen – Weber hatte in dem Verfasser der *Preciosa* offenbar einen gleichgesinnten Gesprächspartner (vgl. Brief 12). Bei Wolff hatten sich Ende 1824 Anzeichen einer Lungenerkrankung gezeigt und die Ärzte empfahlen ihm dringend eine Badereise. Wolffs Zustand verschlimmerte sich nach der Emser Kur erneut, und das Ehepaar mußte noch im Winter das ihm von den Ärzten dringend empfohlene wärmere Klima Italiens aufsuchen. Wolff starb am 28. August 1828 in Weimar.

Erst am 4. August kam eine weitere Bekannte Webers zur Kur nach Ems: die Berliner Sängerin Anna Pauline Milder (1785-1838, verheiratet mit Peter Hauptmann), die ihre Schwester, die Sängerin Jeanette Antonie Bürde, geb. Milder (*1799), begleitete, welche laut Brief 13 drei Wochen zuvor in Kassel „*fausse couche* gemacht“, d. h. eine Fehlgeburt hatte. Wie die Kronprinzessin, suchte sie also ihr Heil im sogenannten „Knabenbrunnen“. Für Anna Milder-Hauptmann hatte Weber zwischen Dezember 1816 und Sommer 1818 eine Einlege-Szene und Arie zu Luigi Cherubini's Oper *Lodoiska* komponiert. Sie glänzte in Berlin u. a. in den Aufführungen der Opern Spontinis. Am 16. August trat sie in einer Abendunterhaltung bei der Berliner Gräfin von Voss auf, bei der Amalia Wolf deklamierte und Weber laut Tagebuch Walzer spielte[39].

„H: *Gehring* war schauderhaft“ – Musikalisches und Geschäftliches

„schauderhaft; aber doch sehr kurz“ fand Weber das Konzert des K. K. Oestereichischen Concertmeisters Gehring aus Wien, das am 23. Juli, wahrscheinlich im Huyn'schen Gesellschaftssaal, stattfand. Gehring hielt sich den ganzen Juli über in Ems auf und wohnte im *Darmstädter Hof*. Über seinen Auftritt in Bremen im November des Vorjahres urteilte der Korrespondent der *Allgemeinen Musikalischen Zeitung*: „Sein Spiel ist sehr fertig, doch nicht frey von manierirtem Wesen, Schnörkeln u. dgl. –“[40]. Sein Konzert bleibt, abgesehen von den Ball-Veranstaltungen, das einzige offizielle musikalische Ereignis, das Weber in Ems erwähnt.

39 Nach einer Tagebuch-Bemerkung vom 15. März 1826 in: *Blätter aus der preußischen Geschichte von K. A. Varnhagen von Ense*, Bd. 4, Leipzig 1869, S. 37, hatte die Milder sogar „in Embs täglich bei der Kronprinzessin [...] gesungen“.

40 *Allgemeine Musikalische Zeitung*, Jg. 27, Nr. 13 (30 März 1825), Sp. 214.

Hr. Stieglitz, Dtr. Med., Hofrath und Leibmedicus, aus Hannover, Nro. 204 und 221, an den 4.
Fhr. von Böselager-Eggermühlen, aus Münster, Nro. 89, an den 4, ab den 5.

Hr. W. Arbuthnet, Hr. G. Arbuthnet, Hr. A. Arbuthnet,	Engl. Edelleute,	aus London, Nro. 84, 85, 87 und 88, an den 4, ab den 5.
Hr. Gaddie, Professor der Med.		

Hr. Bergma, mit Familie, aus Friesland, Nro. 87, 89 u. 92, an den 5, ab den 6.

C.) In Privathäusern.

Zu den 4 Thürmen.

Hr. Lutvens, nebst Fr. Gemahlin, aus London.
Hr. Lutyens, Kön. Hannöv. Lieutenant, aus Hannover.
Hr. Mathieu, Sohn, aus Coblenz.

Fln. von Wenz, 2 Flns. von Planta, Fln. Zeroni,	aus Mannheim.
Hr. Graf von Bernsdorff, (Kön. Preuß. Staats u. Cabinets Minister, Exzel.) nebst Fr. Gemahlin, und 2 Flns. Töchtern	aus Berlin.

Fhr. von Weber, Kön. Sächs. Kapellenmeister, aus Dresden.

Fln. Schwind, Fln. Schwalbach,	aus Coblenz.

Hr. de Meulemeester, Banq., nebst Fr. Gemahlin, aus Genr.
Fln. Mailliet, aus Tourney.
Hr. Wolff, Hofschauspieler, nebst Fr. Gemahlin, aus Berlin.
Hr. Tans, Mahler, aus Paris.
Hr. Mohr, Rath, aus Mannheim.

Verzeichniß der Kur-Fremden zu Bad-Ems im Jahr 1825, 12. Liste vom 31. Juli bis 6. August, S. 147, mit der Erwähnung C. M. v. Webers und P. A. Wolffs; Stadtarchiv Bad Ems (ZBa 39, 1825)

Webers Sorge in seinen Briefen galt u. a. auch der weiteren Verbreitung seiner Werke und damit der Sicherung der Einkünfte seiner Familie – nicht nur durch die Annahme des Londoner *Oberon*-Auftrags. In Brief 9 erwähnt er eine Partitur seiner *Euryanthe*, die er laut Brief vom 13. Mai dem Dresdner Schauspieler Carl DEVRIENT (1797-1872) zu Aufführungen in Königsberg leihweise anvertraut hatte. Als Honorar für die laut Abrechnungsliste „3 Aufführungen" wurden 4 Friedrichsdor vereinbart. Weber klagte gegenüber Devrient über das Verhalten der Königsberger Direktion, die offensichtlich 1821 das Honorar für die *Freischütz*-Partitur erst auf Drängen des Komponisten zahlte – daher wohl die Genugtuung Webers, daß nun das Honorar für die *Euryanthe*-Aufführungen rascher zu erwarten war. Tatsächlich vermerkt er in Brief 13, daß Devrient bezahlte.

Carl Devrient hatte Dresden am 15. Mai Richtung Berlin verlassen. Von dort reiste das Ehepaar nach Königsberg, wo Carl in diversen Lust- und Trauerspielen auftrat, Wilhelmine SCHRÖDER-DEVRIENT (1804-1860) dagegen u. a. als Agathe im *Freischütz*, als Preciosa und ab 23. Juni auch dreimal vor überfülltem Hause als Euryanthe. Der Referent der *Allgemeinen Musikalischen Zeitung* schrieb über diese Auftritte:

> „Unvergesslich wird dem hiesigen Publikum das Finale des ersten Aktes und die Scene am Bach im dritten Akte seyn. Leider ging mit Mad. Devrient diese geniale Tondichtung Webers für uns, wahrscheinlich auf immer, verloren, weil uns zur Aufführung der Oper Einiges fehlt, vornämlich die Partitur, dann eine Euryanthe, dann ein tüchtiger Chor, dann Decorationen, Garderobe u. s. w."[41]

Die nach Devrients Rückkehr über Berlin nach Dresden wieder abgelieferte Partitur verwandte Weber Anfang September als Exemplar für das Münchner Hoftheater, da die hierfür vorgesehene neue Abschrift offensichtlich nicht fertig geworden war und die Zeit drängte, wie sich aus dem erwähnten Schreiben des mit Weber befreundeten Münchner Klarinettisten Heinrich Joseph BAERMANN ergibt, das Weber am 24. Juli in Ems erhielt. Die beruhigende Antwort an Baermann erfolgte nicht, wie in Brief 11 angekündigt, am 28. Juli, sondern verzögerte sich bis 9. August. Die erste Aufführung in München fand am 21. Dezember 1825 statt.

Die ebenfalls in Brief 11 erwähnte Kopiatur seiner 1810 in Frankfurt am Main uraufgeführten Oper *Silvana* sollte „auf Vorrat" hergestellt werden – in Webers Tagebuch ist sie in diesem Jahr nicht erwähnt. Der Brief des Staatsbeamten und Schriftstellers Johann Nepomuk Graf MAJLÁTH (1786-1855) aus

[41] *Allgemeine Musikalische Zeitung*, Jg. 28, Nr. 8 (22. Februar 1826), Sp. 131.

Ofen (Ungarn), den Caroline öffnen sollte, betraf ebenfalls Geschäftliches: Majláth hatte eine Mademoiselle Berwison zu einem Engagement als „jugendliche Liebhaberin“ vorgeschlagen.

Auch wenn das „Geld-kosten“ Weber Sorge bereitete (die Kosten der Kur-Reise beziffert er im Tagebuch vom 31. August mit 438 Talern, knapp ein Viertel seines Jahresgehalts), ermuntert er Caroline doch, das Sommerquartier in Cosels Garten nicht frühzeitig aufzugeben, damit er es bis Anfang Oktober nutzen könne (Brief 9).

Ob Weber im gleichen Brief bei der gespielten Eifersucht auf einen Herrn von „*Bezahlhaas*“ den Leipziger Schauspieler Johann Baptist von ZAHLHAAS meint, der im März nach Gastrollen engagiert wurde, bleibt ebenso unklar, wie die Erwähnung der „HAAS“ in Brief 11 vom 28. Juli. Es kann kaum die Sängerin Julie Haase, geb. Zucker, gemeint sein, die nach längerer Krankheit am 30. Juli 1826 in Dresden verstarb, denn ihr Mann, Ludwig Haase, war schon lange Zeit Hornist im Orchester.

Carl Reinhard Krüger, Medaille auf Weber (1825), Vorderseite Nachprägung in Bronze, Grüne Gravur, Berlin 1993 (Privatbesitz)

Bei dem zunächst etwas rätselhaft anmutenden „wächsernen“ und „silbernen“ Carl in Nr. 11 handelt es sich um die verschollene Urfassung der Medaille des Graveurs und Hofmedailleurs an der Königlich Sächsischen Münze, Carl Reinhard Krüger (1794-1879). Ihm hatte Weber vor seiner

Abreise am 29. Juni 1825 zweimal gesessen. Offensichtlich mußten aber nach der in hartem roten Wachs modellierten Urfassung noch Korrekturen vorgenommen werden, da Weber nach seiner Rückkehr nach Dresden am 16. September nochmals für Krüger saß. Die Medaille mit der Darstellung der Rettung des Arion, der im Amazonensitz auf einem Delphin reitend auf der Rückseite zu sehen ist, wurde in Gold, Silber und Bronze geprägt (zum Preise von 42 Talern, 3 Talern und 1 Taler). In Webers Tagebuch sind Ausgaben für insgesamt 3 Exemplare am 29. November und 3. Dezember 1825 vermerkt (2 silberne und 1 bronzene). Die fertige Münze ist im *Artistischen Notizenblatt* Nr. 22 der *Abend-Zeitung* im November 1825 angezeigt. Krügers Darstellung galt als besonders ähnliches Porträt des Komponisten, und die Redaktion der *Caecilia* hielt die Medaille „auch in dieser Hinsicht würdig, neben Mozarts und Haydns Gemmen zu glänzen"[42].

Carl Reinhard Krüger, Medaille auf Weber (1825), Rückseite
Darstellung der Rettung des Arion

[42] *Caecilia*, Bd. 4 (1826), S. 134; zur Medaille vgl. auch Gunter Quarg, *Carl Reinhard Krügers Medaille auf Carl Maria von Weber*, in: *Numismatisches Nachrichten-Blatt*, Jg. 43, Nr. 5 (Mai 1994), S. 121-124.

Weber an seine Gattin in Dresden (Brief Nr. 12)
Aus Bad Ems, Dienstag/Mittwoch, 2./3. August 1825

Ems d: 2t *August* 1825.

No: 12t

Guten Morgen, mein vielgeliebtes Leben. habe vortrefflich geschlafen wie immer, gebechert,

gefrühstükt, geplaudert, gelaufen, – und nun bin halb gebraten von der entsezlichen Hizze in meinem kleinen Nestchen, und muß ein paar Worte mit der Mukkin reden. Heute sind Viele abgereißt, denen ich mit neidischen Blikken nachgesehen habe. Die Meisten zufrieden, Viele ganz glüklich. Möge der gnädige Himmel mich zu den Lezteren gesellen. ich scheine jezt auf der Höhe des Effektes des Brunnens zu sein, alle alten Uebel werden rebellisch, der rheumatische Schmerz in der Brust, Zahnweh auf allen Seiten, Husten zu allen Tageszeiten, aber alles nur wandelnd, kommend und gehend. Die ersten paar Stunden des Tages bin ich meist sehr angegriffen, und fliehe in die einsamsten Winkel, komme auch sehr früh wenn noch Niemand fast am Brunnen ist, um nicht sprechen zu dürfen. sobald aber einige Becher verzehrt sind, kehrt Beruhigung in den ganzen Körper zurük, und der übrige Tag ist, einige Müdigkeit abgerechnet ganz heiter und kräftig. Die Ärzte sagen, es müße so sein, und somit muß man in Geduld das günstige Resultat abwarten. Ein großer Trost ist mir die Anwesenheit des Leib Arztes der Kronprinzeßin *Hr: v: Stosch*, der herzlichen Antheil an mir nimmt, und mich tröstet, und belehrt. Die hiesigen Ärzte sind, – Bade Ärzte. – –

Die Anwesenheit Wolfs, und daß wir in einem Hause wohnen, ist auch eine große Annehmlichkeit mehr für mich. Er kennt so alle Dinge die mich intereßiren können, und es ist eine Lust auch so ganz verstanden zu werden.

Von Lichtenstein habe ich auch Brief gehabt. Brühl hat ihm gesagt daß er die *Euryanthe* im 8br geben wolle, wo alle Künstler wieder zu Hause wären, denn er wolle daß die kleinste Rolle tüchtig besezt sey. Nun, wir wollen sehen ob das Kind endlich ans Licht der Berliner kömt.

Kemble erwarte ich nun auch täglich, und bin höchst gespannt was das Resultat unsrer Unterhandlungen sein wird. Wenn ich nur noch was recht ordentliches mache. Hier wird man so faul und verdummt so. Doch habe ich oft rechte Lust was zu schreiben. Gott wird wohl wieder helfen wie er bisher gethan. Da habe ich deine *No:* 7 wieder durchgelesen, und mich abermals innig ergözt an dem heiteren Sinn der darinn lebt. Bade und Pille ja recht ordentlich, daß der alte Grammel fortgeschafft wird, auf ewige Zeiten. Bei mir ist schon recht ausgekehrt, und nur wenn ich so angegriffen bin, muß ich auch ein bißel still sein. – Wenn ich nur zu Hause noch eine Weile Ruhe hätte. denn das ist doch die Hauptsache bei mir.

Die vielen Gäste kosten dich allerdings Geld, aber ich bin doch froh daß es so ist; und was das *Cour* schneiden betrifft, so ist das ganz in der Ordnung, und ich bin gar nicht eifersüchtig, denn ich weiß die Mukkin liebt den Muks, und da hat's also gute Wege. nicht wahr meine Alte? jezt stürz ich mich ins Waßer. wenn das viele an und ausziehen nicht wäre, wäre das nächst dem Fee, das Anmuthigste des Tages. da hast du einen guten Buß [Kußsymbol] und nun *ade* für heute. *ade! ade! ade!*

d. 3t Da ist denn der gestrige Tag wieder so vertrödelt worden wie sein Vorgänger. Die Nacht habe ich ein bißel unruhig zugebracht weil der rheumatische Schmerz in der Brust mich so incomodirte daß ich nicht recht wußte auf welcher Seite ich liegen sollte. Heute Morgen hat aber der beruhigende Keßelbrunnen wieder alles weggespült. und zugleich erschien der junge Schleßinger aus Paris, der eigends hieher gekommen war um mich zu sprechen. Dieß ist mir nun allerdings interreßant genug. Er kann mir nicht genug sagen welche *Furore* der Freyschüz in Paris fortwährend macht, beschwört mich so bald als möglich hinzugehen und eine Oper zu schreiben, und möchte mir sogar gern die *Londner* Oper ausreden. Das gelingt ihm nun freylich nicht, obwohl ich immer mehr einsehe wie unendlich wichtig für mich die Reise nach Paris ist. Er hat mir den KlavierAuszug des Freysch. mit italienischem Text mitgebracht, und will nun auch mit mir unterhandeln wegen der Partitur; da hoffe ich wohl das *Emser* Bad herauszuschlagen. Ach Gott, nur Gesundheit und frischen Muth, an Gelde wird es wohl nicht mehr fehlen wenn nur gearbeitet werden kann. Das wird aber mit Gottes Hülfe auch wieder kommen. ich tröste mich mit der an mir gemachten Erfahrung, daß ich vor jedem Werke dachte es würde nichts daraus werden, und mir nichts mehr einfallen. am Ende gings doch, und wie die Leute sagen, gut. also *courage Bajazzo*. Heute ist ein Tag wo Ihr Euch gut unterhalten werdet, besonders Mosje Max. ich aber nebst 1000 Toiletten sehr vor einem Schwizbade zu zittern habe. Die Kronprinzeßin giebt nehmlich heute Abend einen Ball, zu dem geladen zu sein ich die Ehre habe. Was ich da tanzen werde – – Nun! das soll schreklich sein!!! Damit ich zu meiner übrigen unendlichen Liebenswürdigkeit auch noch den Ruhm eines guten Tänzers füge. – Ach, ich bin zufrieden wenn die Leute nach meiner Pfeiffe tanzen, und mich selbst ungeschoren laßen. Das sagt der *Dr. Vogler* immer, ich müßte eigentlich das Bad im strengsten Inkognito brauchen können, damit mich Niemand sehen, sprechen und in Anspruch nehmen wolle. Bekommst du denn Lüttichau gar nicht zu sehen? ich habe immer noch nicht an ihn geschrieben, noch an keinen Menschen als an dich. Man komt nicht dazu; mag nicht, und bekomt auch gleich Kopfweh wenn man ein Stündchen schreibt oder ließt. Schleßinger wird dich in Dresden besuchen, und dir sagen daß ich sehr wohl aussehe. Alle Leute schreyen mich drum an, und ich allein weiß wo der Hund begraben liegt. Geduld! Geduld! Und so muß ich auch zu dir sagen, denn meine Briefe sind doch gar zu leer; aber ich weiß nitz, und ein Schelm giebt mehr als er hat. also nimm vorlieb theures Herz und sei deinem armen alten Mops nicht böse. Gieb mir den Schnabel zu einem guten guten Buß. und küße auch meine geliebten Buben für mich. Der Lex hat sich gewiß recht verändert bis ich ihn wiedersehe, denn schon die 2 kleinen Mause Zähnchen müßen ihm ein ander Ansehen geben.

Ich drükke dich innigst an mein dich treu liebendes Herz. Grüße mir alle Freunde herzlichst, seid froh und glüklich und liebt Euren

nur Euch lebenden
Carl.

Alles Erdenkliche von Wolfs.

No. 12! Ems d. 2t. August 1825. Mus. ep. C.M.v. Weber 195

Guten Morgen, mein vielgeliebtes Leben. [illegible]

[illegible]

N. 3. [illegible]

[illegible]

[illegible] Emser Bad [illegible]

[illegible] courage Bajazzo. [illegible] 2000 [illegible]

[illegible] Dr. Vogler [illegible]

[illegible]

[illegible] Carl.

Alles Freundliche an Wolff.

Weber an seine Gattin in Dresden (Brief Nr. 13)
Aus Bad Ems, Freitag bis Sonntag, 5. bis 7. August 1825

Ems d: 5[t] *August* 1825.

No: 13

Heute sind es schon 3 Wochen daß ich hier bin, und über 1 Monat von dir mein heißgeliebtes Leben, getrennt. Obgleich nun Vogler auf mein dringendes Fragen wegen der Länge meines Aufenthaltes mir noch keinen Bescheid gegeben hat, sondern erst noch einmal zu mir kommen und sich genau mit mir besprechen wollte, so kann ich es doch nicht länger aushalten, und sezze selbst meine Gränze. Die befohlenen 28 Bäder will ich nehmen, wo ich heute das 15[t] habe, und dann im Schutze Gottes wieder in die Arme meiner Lieben eilen, so also, daß du mir auf diesen Brief nicht mehr hieher, sondern nach Frankfurt Postrestant antworten kannst. Gottlob daß es endlich so weit ist. Manchmal pakt mich die Ungeduld so gewaltig, daß ich meyne ich könne es nicht mehr aushalten und müße mit beiden Beinen drein springen! – Nun zu deinem lieben *No*: 8 vom 7 und 28[t] *July*. Ey ey Frau Mukkin! sey Sie nur zärtlich, das thut eben einem alten Ehemann recht wohl, und er verdankt es gewiß mit gleicher Innigkeit und Zärtlichkeit. Wenn ich nichts von meiner Heiserkeit schreibe, so ist das eigentlich das beste Zeichen. Gestern und Heute geht es wieder bedeutend beßer, bis auf ein wenig Hals und Zahnweh, was aber immer nur in flüchtigen Rukken komt und geht. Der Brustschmerz ist wieder gänzlich verschwunden. Der Husten nicht so krampfig, die Heiserkeit bald da, bald weg. Kurz die Hoffnung muß das Beste thun, den[n] hier ist alles wieder aufgerüttelt worden, was auf der Reise ganz verschwunden war. Übrigens bin ich aber kreuzwohl auf, und Niemand will mich für einen Patienten halten. Die *Contess Holk* ist ein verrüktes Weibsbild deren Onkel ich hier zufällig kennen gelernt habe, und der nebst der ganzen Familie außer sich ist über ihre Phantastischen Streiche. Der arme Junge. Kann ich etwas für ihn thun, so soll es natürlich geschehen.

Von der Gerstäkker ist das wirklich unbegreifflich! – – von *Devrients* aber sehr, und habe ich diese Stimmung lange prophezeit. Halte ja die Mädels in Ordnung. wer nicht Ruhe hält muß fort, ich brauche Ruhe.

d: 7[t] 1000 Dank für deinen lieben *No*: 9 vom 30[t] *July* und 1[t] August. Meine Geduld ist sehr im Abnehmen, ich meyne manchmal ich müßte nun gleich fort, zu Euch. und dann graut mir wieder vor allen Dienstgeschäften und Plakereyen die meiner warten. da ist denn dein liebes mukkeliches Geplauder wahrer Balsam für mich, und ich plaudre mich in Gedanken mit dir wieder fröhlich, obgleich eine gewiße Wehmuth beigemischt ist. Gestern früh überraschte mich *Weber*, dem ich noch nicht wieder geschrieben hatte, und der um mich in Sorgen war. wir verplauderten den Tag, und so eben ist er wieder abgereißt. der will mich nun mit Gewalt ein paar Tage in Darmstadt haben, das geht aber nicht. sizz ich einmal im Wagen so werde ich treiben – – ich kenne das. Dann ists vorbei mit der Ruhe, und ich habe keinen anderen Gedanken, als, – Heim!

Wie kannst du dich nur über die Verspätung eines Briefes gleich so ängstigen wie leicht ist das nicht möglich. Auch meine Berichte über meine Gesundheit müßen dich nicht ängstigen, diese scheinbare Verschlimmerung muß sein, und ist auch ganz örtlich, denn im Ganzen bin ich wirklich kerngesund; und meine Neffen sind viel beßer, was ich Vorgestern gesehen habe, wo ich über die Unverschämtheit einiger Menschen, die mich durchaus zum Spielen zwingen wollten, sehr erboßt wurde, und mich ernstlich ärgerte; welches mir doch gar nichts geschadet hat.

Die Milder ist auch angekommen, und stolziert langweilig durch die Hallen. Ihre Schwester ist recht leidend, da sie vor 3 Wochen in Kassel *fausse couche* gemacht hat. Von *Livius* habe ich einen Brief erhalten, der wie gewöhnlich nichts als Gewäsch enthält, wo er sich zu entschuldigen sucht.

Die schönen Opern, die mir der Kammerherr aufhebt, geben hübsche Aussichten, aber, ich will mirs beim Himmel bequem machen, und an mein Leben für Euch und die Welt denken. Daß ich das Vogelschießen nicht hören darf, bin ich wirklich froh, obwohl mir auch hier die Ohren vollgedudelt werden. da haben sie mich auch durch eine Deputation nach *Coblenz* zur Liedertafel einladen laßen, ich gehe aber natürlich nicht.

Auf dem Balle bei der Kronprinzeßin, haben der Markgraf und die Markgräfin von Baden meine Bekanntschaft gewünscht, und waren so verbindlich gegen mich, daß es fast in Verlegenheit sezzen konnte.

4 Kistel Köllnisch Waßer soll ich mitbringen? Das ist wahrlich sehr unbequem. will sehen was zu thun ist. ‚s ist am Ende das wohlfeilste was ich mitbringen kann. Nun das Holz hat doch gut ausgehalten. Da kann man nicht klagen. Bin sehr froh daß mein Maxel einen Spielkammeraden hat. Das fehlte ihm lange. laße den Kleinen nur nicht zu untergeordnet, damit *H*: Max nicht herrisch wird.

Was? nur 1 Bouth: Wein hast du in 4 Wochen getrunken? ist das dein Versprechen dir nichts abgehen zu laßen?

Also *H: Dev:*[*rient*] hat bezahlt! das ist mir sehr lieb, denn Geld kann ich brauchen – nun – – Haben meine guten Dresdner wieder einmal etwas gebrauet. das verdamte Geklatsche. ich hoffe du glaubst nur mir und meinen Briefen, die wahrlich Alles aufs treuste enthalten, und daher nicht immer ganz freudig sind, aber doch wahr, und ich müßte es lügen wenn ich nicht fände daß ich im Ganzen Kräftiger und gesünder wäre. So ein eingewurzeltes Uebel ist auch nicht gleich weggewaschen wie ein Schmuzflekk.

Auch mir hat die Mutter nicht geschrieben. aber ich hoffe daß das desto beßer ist, wie du sagst, weil Sie nichts zu klagen hat. von Frankfurt aus schikke ich ihr auch wieder ihr Geld.

Laß du den Lexel nur saufen, Gott segnet[s] ihm ja, und wir wollen die brave Marie gewiß behalten. Sein Unwohlsein, hoffe ich, ist nur vorübergehend gewesen nicht wahr? Doch nun Punktum, und ins Bad. *No*: 17, wärs doch schon 28!!! Gott segne Euch + + + Ihr Innigstgeliebten. Liebes gutes Weib, und gute Buben! ich drükke Euch mit liebender Sehnsucht an mein Herz. bleibt gesund und

gedenkt Eures Euch über alles
liebenden Vaters *Carl*.

[Im Kußsymbol:] Millionen gute Bußen.
NB: *adreßire* deine Antwort nach Frankfurt abzugeben im Weidenhof, und bis zu meiner Ankunft aufzubewahren. da ich in Frankf: auf der Post bestellt hatte die *Post*: *rest*: Briefe mir hieher nachzuschikken.

No. 13 Ems d. 5t August 1825.

[illegible]

die schönen Opern [illegible] der [illegible] [illegible], [illegible]
aber ich [illegible] [illegible] [illegible] [illegible] [illegible] [illegible] [illegible]
[illegible] [illegible] die [illegible] [illegible]. [illegible] [illegible] [illegible]
[illegible] [illegible] [illegible] [illegible] [illegible] [illegible] [illegible] [illegible]
[illegible]. [illegible] [illegible] [illegible] [illegible] [illegible] [illegible] nach Coblenz
zur Tafel einladen lassen; ich gehe aber natürlich nicht.
Auf dem Balle bei der Kronprinzessin haben der Markgraf und die
Markgräfin [illegible] [illegible] Bekanntschaft gemacht, und waren so [illegible]
[illegible] [illegible], [illegible] [illegible] [illegible] [illegible] [illegible] [illegible].
4 [illegible] Kölnisch Wasser soll ich mitbringen? [illegible] [illegible] [illegible] [illegible]
[illegible] [illegible] [illegible] [illegible] [illegible] [illegible] [illegible] [illegible]
[illegible] [illegible]. [illegible] [illegible] Holz hat [illegible] [illegible] [illegible]. [illegible]
[illegible] [illegible] [illegible] [illegible]. [illegible] [illegible] [illegible] [illegible] [illegible] [illegible]
[illegible] hat. [illegible] [illegible] [illegible] [illegible]. [illegible] [illegible] [illegible] [illegible]
[illegible] [illegible], [illegible] [illegible] [illegible] [illegible] [illegible].
[illegible] [illegible] [illegible] [illegible] [illegible] [illegible] 4 [illegible] [illegible]? [illegible]
[illegible] [illegible] [illegible] [illegible] [illegible] [illegible]?
[illegible] [illegible] hat [illegible]! [illegible] [illegible] [illegible] [illegible], [illegible] [illegible] [illegible] [illegible]
[illegible] — [illegible] — [illegible] [illegible] [illegible] [illegible] [illegible] [illegible].
[illegible] [illegible] [illegible]. [illegible] [illegible] [illegible]. ich [illegible]
[illegible] [illegible] [illegible] [illegible] [illegible] [illegible], [illegible] [illegible] [illegible] [illegible] [illegible]
[illegible], [illegible] [illegible] [illegible] [illegible] [illegible] [illegible], aber doch [illegible], [illegible]
ich [illegible] [illegible] [illegible] [illegible] ich [illegible] [illegible] [illegible] ich [illegible] ganz
[illegible] [illegible] [illegible] [illegible]. [illegible] [illegible] [illegible] [illegible] [illegible]
[illegible] [illegible] [illegible] [illegible] [illegible] [illegible].
[illegible] [illegible] [illegible] [illegible] [illegible] [illegible]. [illegible] ich [illegible] [illegible] [illegible]
[illegible] [illegible] [illegible], [illegible] [illegible] [illegible], [illegible] [illegible] [illegible] [illegible] [illegible] [illegible]
Frankfurt [illegible] [illegible] ich [illegible] [illegible] [illegible] [illegible] Geld.
[illegible] [illegible] [illegible] [illegible] [illegible] [illegible], [illegible] [illegible] [illegible] [illegible], [illegible] [illegible] [illegible]
[illegible] [illegible] [illegible] [illegible] [illegible]. [illegible] [illegible] [illegible], [illegible], ich [illegible]
[illegible] [illegible] [illegible] [illegible] [illegible] [illegible] [illegible] [illegible], [illegible] [illegible]
[illegible]. Nr. 17. [illegible] [illegible] Nr. 28.!!! [illegible] [illegible] [illegible] + + + [illegible]
[illegible] [illegible], [illegible] [illegible] [illegible], [illegible] [illegible] [illegible]! [illegible] [illegible]
[illegible] [illegible] [illegible] [illegible] — [illegible] [illegible]. [illegible] [illegible] [illegible]

[illegible] [illegible] [illegible] [illegible] [illegible]
[illegible] Carl.

[illegible]
[illegible]

N.B. [illegible] [illegible] [illegible] [illegible] Frankfurt [illegible]
[illegible] [illegible], [illegible] [illegible] [illegible] [illegible] [illegible] [illegible] [illegible]
[illegible] [illegible] [illegible] [illegible] [illegible] [illegible] [illegible] [illegible] [illegible] [illegible]
[illegible] [illegible] [illegible] [illegible].

Weber an seine Gattin in Dresden (Brief Nr. 14)
Aus Bad Ems, Mittwoch, 10. August 1825

Ems d: 10[t] *August* 1825.

No: 14.

Gottlob! nun gehen bald der Katz die Haare aus, und ich sehe schon ohngefähr den Tag meiner Abreise. hoffentlich Sonnabend d: 20[T]. ich bin nur noch sehr uneinig mit mir über die Art meiner Rükreise. eigentlich sollte ich sie so einrichten daß sie eine Art Nachkur bildet, und mir zur Erholung dient. Von der andern Seite aber habe ich zu befürchten, daß Aufenthalte in Frankfurt, Weimar, Leipzig p mir auch fatiguant sein werden, weil ich dann gewiß mancherley Ehrenbezeugungen, *Dinérs* und dergl: nicht wohl werde ausweichen können. ich denke von hier die Rhein Reise über *St. Goar* und *Bingen*, Johannisberg *pp* nach Frankfurt zu machen, das weitere will ich denn dem Zufalle und der Bestimmung des Augenblikes überlaßen. Somit kann ich dir also den Tag meiner Ankunft nicht ganz genau angeben. Der ganze August geht aber wohl drauf. Wenn ich nur in *Dresden* einige Tage wenigstens in ein Mauseloch kriechen und nur für dich sichtbar sein könnte, aber mir graut so vor dem Ueberlaufen, Fragen und ewigen Wiederholen des Nehmlichen, daß ich schon jezt anfange mir Geduld dazu zu sammeln.

Diesen Brief mußt du mir nach *Weimar, Post restant* beantworten. Leipzig gedenke ich ganz zu überspringen. was soll ich dort – ? *Kemble* ist noch nicht angekommen. ich erwarte ihn mit Ungeduld. Bald wird nun die Mukkin ihren alten Muks, und der Max seinen rechten Vater wieder haben. Was freue ich mich. 2 Monate machen bei Kindern schon eine bedeutende Veränderung, besonders beim Lexel mit seinen 2 Zänchen. Piattis gehen Sonnabend, werden aber ziemlich mit mir zugleich erst nach *Dresden* kommen, da sie bedeutende Umwege machen. So geht eine bekannte Familie nach der andern fort, doch sind noch viel recht angenehme da. mit Wolfs und Helmkes aus Hannover bin ich am meisten zusammen. Heute soll ich bei der Gräfin *Perponcher* die nähere Bekanntschaft der Kronprinzeßin machen, ihrem Verlangen gemäß. Gestern war wieder Ball, wo sie auch war. Da habe ich wieder schreklich getanzt. von $^1/_2$ 7 bis 9 Uhr, und bin dann hungrig schlafen gegangen. Nun wahrlich, wenn ich nicht Diät lebe so weiß ich es nicht. seit ein paar Tagen wo das Wetter ein bischen unbeständiger ist, gehe ich sogar schon um 7 Uhr nach Hause. 2 Tage habe ich rechte Zahnschmerzen und Reißen im halben Kopfe gehabt, heute ist es aber wieder weg. Auch huste ich bedeutend weniger, und fange so nachgerade an etwas Beßerung des eigentlichen Uebels zu merken. Daß es übrigens so gefährlich nicht damit bei mir aussieht, habe ich weg, denn sonst könnte ich unmöglich mich so schnell erholt haben, und übrigens so gesund sein.

Uebermorgen bin ich aber auch schon 4 Wochen hier. Gestern bin ich noch einmal ausgezogen, in ein größeres Zimmer nehmlich. im 1t Stok, da mein voriges sehr klein war, und es nun leerer im Hause wird. H: Johann wird auch sehr froh sein wenn er von hier fortkomt. auf der Reise lebt er auf meine Rechnung, hier aber gebe ich ihm täglich 8 gr: Kostgeld, und obwohl das ganz honett ist, so mag er doch nicht damit auskommen, denn es ist alles schreklich theuer hier. So geben z: B: Piattis für ihr Quartier allein, 77 f wöchentlich. Was mich die Reise kostet, mag ich gar nicht sagen. Erfüllt sie aber ihren Zwekk so soll es mit Freuden gegeben sein. Nicht wahr meine Alte? Möchte dir gar gerne allerley Unterhaltendes erzählen, weiß aber gar nichts. Die Tage gehen gar zu einförmig vorüber, jeder dünkt einem zu lang, und im Ganzen schwindet doch die Zeit schnell dahin im Verhältniß zur Langeweile und Eintönigkeit. Morgen komt wieder ein Briefel von dir, mein heißgeliebtes Leben. Wie zähle ich immer die Stunden von einem Posttag zum andern. und wie wird der Postbote belagert wenn er am Brunnen erscheint. Hier bekomme ich noch 3 von der Mukkin, und Unterwegs 2. Dann wieder kommt die mündliche *Correspondenz*. Gott laße uns recht gesund und fröhlich sie wieder beginnen. Lebe wohl, du geliebtes, treues Herz, ich umarme dich innigst, und küße segnend beide geliebte Buben. Gott segne Euch Alle + + + seid brav, heiter, und gesund. und bald sieht Euch wieder

der Euch über alles liebende
Vater *Carl*

Alles Herzliche an Roth, Kellers, *pp* die Fräulein, dem Hauptmann *pp*

II a.3.2

No. 14. Ems d. 10t. August 1825.

Gottlob! [illegible] bald [illegible] abreise. [illegible] Sonnabend d. 20t. [illegible] H. Goar [illegible] Bingen [illegible] August [illegible] Dresden [illegible]

Diesen Brief [illegible] Weimar, Poste restante [illegible] Leipzig [illegible] Kemble [illegible] 2 Monate [illegible] Sonnabend [illegible] Dresden [illegible] Personcher [illegible] 4 Wochen [illegible]

Weber an seine Gattin in Dresden (Brief Nr. 15)
Aus Bad Ems, Donnerstag bis Sonntag, 11. bis 14. August 1825

An die Hochwohlgebohrne
Freyfrau, Carolina von Weber.
zu
Dresden.

Ems d: 11[t] *August* 1825.

No: 15.

Guten Morgen mein vielgeliebtes Leben. Habe sehr gut geschlafen, bin aber mit Kopf und Zahnweh aufgestanden, welches aber jezt etwas nachgelaßen hat. hingegen war mein Husten heute recht brav, wenig, und gar nicht krampfig. Also offenbar Beßerung seit einigen Tagen, denn nach dem gestrigen Tage hätte ich mich billig schlimmer fühlen müßen. Gewöhnlich kömt dann immer alles zusammen. Kaum hatte ich meinen Brief an dich abgesendet, so kam *Kemble*, und mit ihm der *Director* des *Philarmonical Concerts. Smart.* zugleich aber ein *Billet* der Gräfin *Perponcher* noch Vortische zu ihr zu kommen wegen der Kronprinzeßin. *Kemble* konnte nur bis zum Abend bleiben, du kannst also denken wie mir das den Kopf einnahm. wir aßen zusammen, sprachen viel, und viel intereßantes, aber das Beste, die Bewilligung großer Summen, – fiel weg, und er beharrte auf seinem Gebot. – –

Mündlich werde ich dir alles genauer auseinander sezzen. von *Livius* brachte er mir eine artige goldne Dose, und der *Director Hawes* in *London* schikt mir mit dem nächsten *Courier* ein Stük Silber. für *Preciosa* gab er mir 30 £ Sperling die ich verlangte. Uebrigens gefiel er mir sehr wohl, ein gerader, offener, sehr liebenswürdiger Mann. Der *Smart* ein ächter Engländer, der im 7[b] nach *Dresden* komt, und mir in *London* sehr nüzlich sein wird. um 6 Uhr ließ ich sie nach *Coblenz* fahren, zog mich um, und ging zur *Perponcher*, wo die Kronprinzeßin, MarkGraf und Gräfin von Baden, und mehrere andere Prinzliche Häupter waren. Man überschüttete mich mit Artigkeit, und ich mußte natürlich spielen. um ½ 9 Uhr aber hoffte ich sollte alles vorüber sein da die Kr: Prinzeßin um diese Zeit immer ihr Tuschbad nimmt, aber sie vergaß alles, und ich kam erst gegen 10 Uhr ganz ermüdet und mit tüchtigem Kopfweh nach Hause. Die freudigste Erholung gab mir nun heute Dein lieber *No*: 10 vom 4[t] August, wo denn nur immer das beglükkendste für mich ist, daß Euch Gott Alle so gesund erhält. Nur dieses, und alles übrige findet sich. Dieser Brief von dir enthält schon die Antwort auf Manches was ich dir gestern geschrieben habe, und ich freue mich daß Du auch haben willst ich solle langsam zurük reisen. ob ich es aber aushalte wenn es dazu komt, bezweifle ich sehr. Von hier gehe ich auf jeden Fall über *Coblenz*, *St. Goar*, und *Bingen*, dann durch das Rheingau nach Frankfurt, und vielleicht auf 1 oder 2 Tage nach Darmstadt. Was fällt dir ein zu glauben daß ich in Frankf: dirigiren werde. Gott bewahre. Die *Euryanthe* hören soll ich. Doch glaube ich auch nicht daß es dazu kömt, denn ich zeige meine Ankunft nicht an, obwohl ich es versprochen habe. in *Weimar* bleibe ich auch einen Tag, sonst aber halte ich mich nirgends auf, d: 20[t] denke ich abzureisen, /: o!! schönstes Wort !!! :/ und da kann also wohl d: 2[t] oder 3[t] *Sept*: herankommen, bis ich wieder *Dresden* erreiche.

d: 13[t] Schönen guten Morgen, herzliebste Mukkin, da komme ich erst heute wieder zu Dir. Gott! was hat man für Geschäfte!!! – Dem Himmel sei Dank, heut über 8 Tage gehts – Futsch – .

Seit ein paar Tagen habe ich Abends und die halbe Nacht einen fatalen Besuch. nehmlich von sehr heftigem Zahn und Gesichtsreißen, das sich leise anfangend bis zum entsezlichsten Schmerz steigert, und dann nach einer 4[tel] Stunde ohngefähr sich wegzieht, wie man ein Tuch langsam vom Gesicht zieht. Dieß wiederholt sich so 4 – 5 mal, und dann schlafe ich aber so süß daß ich meistens verschlafe, und mich an den Brunnen tummeln muß. troz dem geht es mir aber wirklich beßer, und ich hoffe alles von der Zukunft. Alle Ärzte hier kommen darinn überein, daß ich eigentlich eine vortreffliche obgleich für alle Eindrükke höchst empfängliche Natur hätte, /: die aber eben so schnell vorüber giengen als sie kämen :/ und wo ich hauptsächlichst mich ganz gesund erhalten könne, durch Ruhe ohne Gebrauch anderer Heilmittel. Nun ist aber diese Medizin gerade die, die ich am wenigsten nehmen kann, und alles was du mir schreibst läßt mich gar nicht darauf hoffen. Nun, ich habe mir fest vorgenommen, mich zu schonen wo ich nur kann. wird denn etwas anderes auch nur anerkannt? –

Unser Wetter ist noch immer trefflich, obgleich seit 8 Tagen etwas veränderlich, doch nicht in dem Grade daß es im mindesten zur Kur störend wäre. Da hat mich dießmal der Himmel sehr begnadigt. wie er ja immer thut. Große Parthien mache ich nicht mit, und Nachmittags laßen sich schon immer ein paar gute Stunden zum Gehen, Eseln, oder fahren, heraussuchen.

ich kann mir recht denken, wie viel ihr von der Hizze gelitten habt in dem Treibhause. ich habe mich recht behaglich braten laßen. Der Max ist doch ein seltsames Gemüth. wie das mit dem Klavierspielen aufs Neue beweißt. der wird uns noch zu schaffen machen. Auf diesen Brief kannst du mir auch noch nach *Weimar* antworten. ja, ja! ich kann dir nicht helfen, nur drauf los geschrieben, es macht mir gar zu große Freude über Euch beruhigt zu sein. Meinen nächsten Brief aber kriegst du gratis, und ich überflügle dich dießmal tüchtig in der Zahl. An Lüttichau will ich wo möglich heute Abend schreiben. Du hast ganz recht, obwohl ich ihm buchstäblichst gar nichts zu schreiben habe. Also Hauser hat solche Mukken? es ist möglich, aber – bedenke wie es auch zugehen mag und daß Mosje Marschner nicht der Mann ist ihm zu imponiren. Die Idee mit dem Buschbade ist gar nicht übel, aber, wenn ich einmal so nahe bin, will ich doch gern ganz wieder in die alte wohlthuende Ordnung. Doch will ich mir es noch recht genau überlegen, und weiter darüber schreiben, aber glaube mir, mein innig geliebtes Leben, obwohl man mich buchstäblich auf den Händen trägt, und Herren und Damen des ersten Ranges auf jeden Wink lauern mir zu dienen, so ist mir doch nirgends ganz wohl als wo die Buben bläken, die Mukkin brummt, und ich die Mägde fortschikken und den Ali hauen kann, wenn sie es zu toll machen. Auch darf ich ja hoffen daß die Lina jezt viel braver ist. ich hoffe es von mir gewiß, denn ich bin ja gesund, und über meinen Hals auch sehr beruhigt selbst wenn er nicht ganz curirt werden sollte. Also, laßt uns fröhlich und guter Dinge sein. und das Leben fest halten mit allem Guten was uns Gott so freygebig geschenkt hat, vor Tausenden. ade, für heute. Morgen krieg ich wieder ein Briefel vom Muks. Gott segne Euch + + +. *ade, ade ade.*

d: 14ᵗ *Sonntags*.
So eben erhalten ich *No*: 11 vom 6ᵗ *huj*: meiner herzlieben Mukkin, mit der ich aber wahrlich recht zanken muß. Du lernst und lernst nicht glauben. was ich sage ist wahr, ich verschweige dir nicht das geringste Unwohlsein, und erzähle dir jedes bißel Zahn und Kopfreißen, und du kannst solchen albernen Geschwäzzen auch nur einen Augenblik Gehör schenken, da du darüber lachen solltest indem du den Beweiß vom Gegentheil in den Händen hast. Ja! wenn dergleichen Gerüchte früher zu dir kommen könnten als meine Briefe, oder einmal einer ausbliebe, da wäre es begreifflich daß du dich ängstigest, so aber, – nimm mirs nicht übel, aber das verdient Haue, nichts zu eßen, und in Bett!! – So! nun hast Du dein Theil, und nun will ich auch wieder gut sein. Da hast einen guten Buß [Kußsymbol]!

Auch diese Nacht hat mich der Gesichtsschmerz heimgesucht wie ich kaum eingeschlafen war. aber den Tag über ist er weg, und ich bin wahrlich im Ganzen so gesund als ich es nur wünschen kann, und wo ich wenn es so bleibt für immer mich glüklich preisen muß. also sei die *Madam* kein Oz!!! aber freylich, wie jener Jude sagte, Oz! bleibt O.! gratulire dem Herrn Lex zum 1ᵗ Suppel. Die Lene schikk fort, so hat das Ding ein Ende. Mitbringen will ich gerne was, aber was? das ist immer die Frage. Du kriegst nitz! hab nitz. Allerdings muß man Johanns Frau Geld geben. ich hab's ihm gesagt. Mailath's Sache ist nicht so wichtig, gräme Dich drum nicht. hole der Henker das ganze Komödianten Wesen. – Je öfter ich deinen Brief lese, je mehr ärgere ich mich über das dumme so ganz grundlose Geschwäz! Was kann doch eine unnüzze Theilnahme der

Menschen quälen. Die armen Blutigel haben wahrlich nicht geglaubt so wichtige Personen zu sein. Unwohl bin ich ja keinen Augenblik gewesen, nur baden konnte ich ein paar Tage nicht, bis der Pops heile Katz war. Kurzum ich ärgere mich doch mehr als billig ist. – Dieß ist denn der vorlezte Brief von hieraus. und einen bekomme ich noch von dir, wo du hoffentlich wieder ganz brav sein wirst, und Deinem *Carl* nicht wieder den Kummer machen, lieber alles unwahrscheinliche und Hirnlose zu glauben, als ihm und seinen Berichten.

Ich umarme Euch innigst, Ihr Einziggeliebten. Gott segne Euch + + +. und erhalte Euch gesund, damit nichts unser baldiges, so Gott will fröhliches und glükliches Wiedersehen störe. in meinem nächsten Brief bezeichne ich dir vielleicht noch genauer meine Reise, damit du deinem *Carl* hübsch Schritt vor Schritt folgen kannst. ich weiß nicht warum, aber ich meyne ich müßte nach Darmstadt. doch nun lebt wohl. Millionen innige Küße! bald in Euren Armen.

Dein Dich über alles liebender

Carl.

Alles herzliche an Roth, Kellers *ppp*

No. 15. Ems d. 11t August 1826.

[illegible] Kemble [illegible] Philarmonical Society. Smart. [illegible] Kemble [illegible]

[illegible] Hawes [illegible] London [illegible] Courier [illegible] Preciosa [illegible] 30 £ Sterling [illegible] London [illegible] Coburg [illegible] 10 [illegible] No. 10 [illegible] Coblenz, St. Goar, Bingen [illegible] Darmstadt [illegible] Weimar [illegible] d. 20t [illegible]

[illegible] Frankfurt [illegible] Dresden [illegible]

d. 13t [illegible] Morgen [illegible]

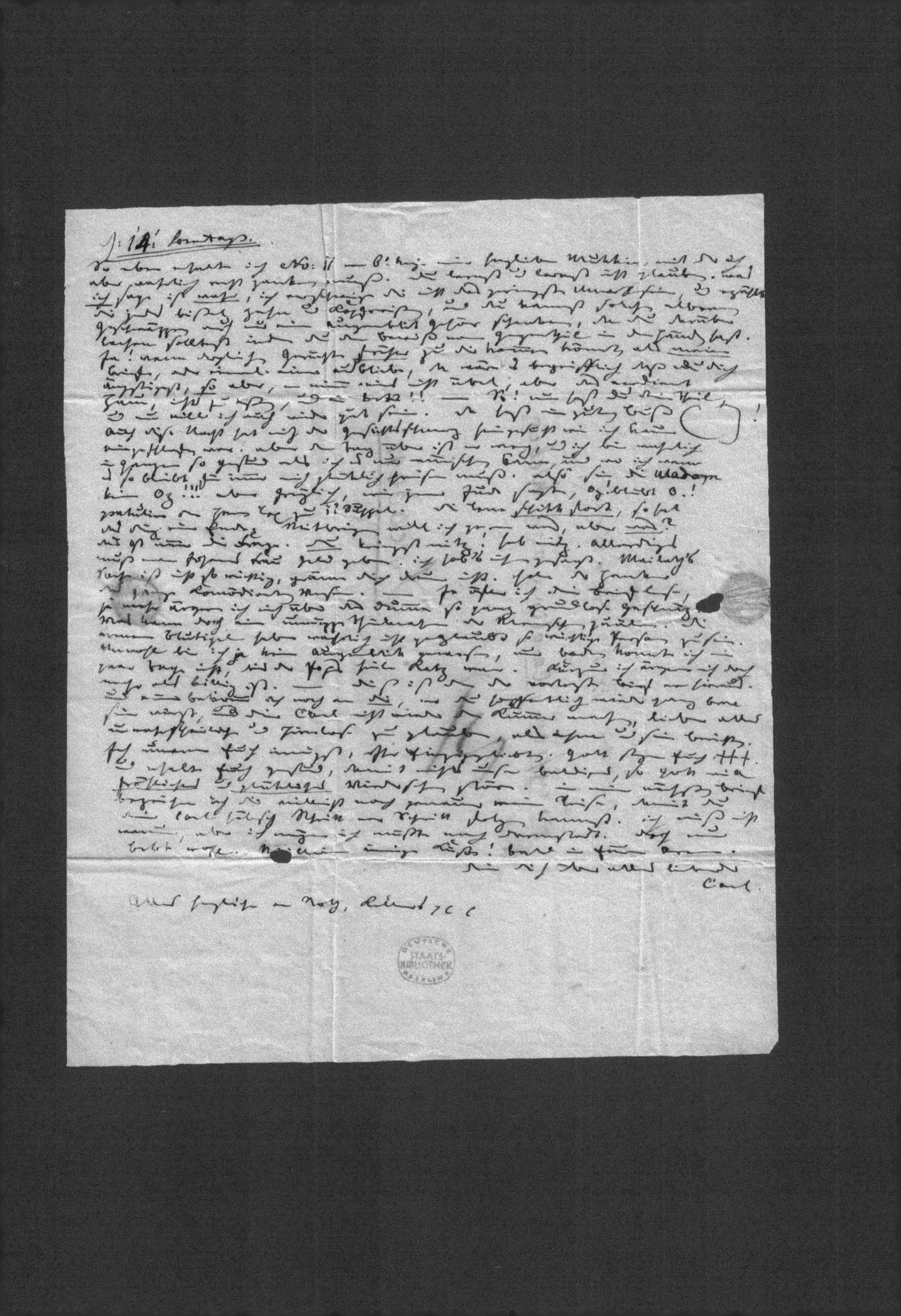

d: 14t. Sonntags.

[illegible]

Carl

[illegible]

An die Hochwohlgebohrne

Freyfrau, Carolina von Weber.

Dresden.

Weber an seine Gattin in Dresden (Brief Nr. 16)
Aus Bad Ems, Mittwoch, 17. August 1825

An die Hochwohlgebohrne
Freyfrau, *Carolina von Weber.*
zu
Dresden

Ems d: 17^t *August* 1825.

No 16^t

Mein herzliebstes Leben, Du wirst diesem Brief verzeihen wenn er kurz ist da er der herrlichen Auszeichnung genießt der lezte von *Ems* aus zu sein. Gott sey Lob und Dank!!! ich habe schon solche Unruhe und Ungeduld in mir daß ich fliegen möchte. was ich doch nicht dürfte, selbst wenn ich könnte. Auch ist es überhaupt die höchste Zeit daß ich weg komme, denn seit einigen Tagen habe ich die Ehre zu dem engern Zirkel der Kronprinzeßin gerechnet zu werden, muß daher alle Abend frische Toilette machen, und die Abende von 7 – 10 oder gar 11 Uhr da zubringen. Das will mir nun, der sonst schon um 9 Uhr in Betterl gieng, gar nicht zu sagen, und doch kann ich die täglich sich erneuende Einladung die immer aufs [sic!] das verbindlichste und artigste angebracht wird, nicht wohl abschlagen. Nun, in 3 Tagen ist das alles vorbey, und es geht heydi fort! Sonnabend d: 20^t über *Coblenz* bis *St. Goar* am Rhein, d: 21^t bis Mainz, /: vorher bei Bingen über den Rhein nach dem Johannisberg *pp* :/ wo ich mit Schott und *Dahm* zu sprechen habe. d: 22^T Mittag in *Darmstadt*. d: 23^t nach Tische nach *Frankfurt*. d: 24^t da Rasttag. und dann d: 25^t weiter heydipritsch!, Hamerl! so daß ich den 1^t oder 2^t *September* in Euren Armen bin mit Gottes Hülfe. ich freue mich kindisch drauf, dich wieder zu sehen, mein theures Leben; und hoffe Du sollst auch mit dem Aussehen Deines *Carls* zufrieden sein. Wenigstens schreyen mich alle Leute drum an. und Gottlob ich bin auch recht gesund, obwohl der Husten noch da ist. eigentlich heiser aber bin ich schon lange nicht mehr geworden, obgleich es mit dem Singen auch noch nichts ist. Die Ärzte aber vertrösten mich Alle darauf, daß ich erst 2 – 3 Monate nachher die wohlthätigen Folgen spüren würde. Morgen bekomme ich noch ein Brieferl von der Mukkin wo ich hoffe die Beruhigung zu finden, daß meine folgenden Briefe Dich von dem grundlosen des dummen KrankheitGeschwäzzes überzeugt haben, und Du wieder heiter und fröhlich bist. Wenn ich nur gutes Wetter zur Rheinreise bekomme; seit einiger Zeit ist es recht veränderlich, zwar Gottlob nicht kalt, aber alle Augenblikke kommen Flozen, die auf der Reise, wo doch vieles zu Fuße und zu Esel abgemacht werden muß, sehr fatal wären. bis Mainz werde ich die Reise mit mehreren Bekannten unter andern mit *Helmkes* aus Hanover zusammen machen, welches recht angenehm ist. dann bin ich aber auch froh wieder einmal ganz einsam im Wagerl zu hotten und meinen Gedanken Audienz zu geben. An Musje *Oberon* muß nun ernstlich gedacht werden. Gott sey gepriesen. Frischerer LebensMuth ist offenbar in mir, und die fröhliche Geselligkeit hier welche Wolfs und Milders recht viel verschönern halfen, hat gewiß ihren guten Theil daran. Mit *Wolf* geht es auch schon beßer – er muß aber von hier aus nach *Nizza* den Winter über, und dann im Frühjahr wieder hieher. Er ist sehr herunter. auch die dummen Neffen. Nun *ade*, mein heißgeliebtes Leben, und ihr meine herzlieben Buben. Das Herz springt mir im Leibe vor Freude bei dem Gedanken Euch alle bald wieder zu sehen. Gott gebe eine glükliche Reise zur Nachkur, und ein fröhliches gesundes Wiedersehen. daß Du noch oft Nachricht von mir bekomst, versteht sich von selbst. Nun lebe wohl, und froh und brav, und gedenke daß wenn du diese Zeilen ließt, kaum noch 8 Tage verfließen bis du wieder in deinen Armen

hältst, deinen dich über alles liebenden
alten GrammelPeter
Carl.

Gott segne Euch + + +.
[Im Kußsymbol:] Millionen gute Bußen.

No 16. Ems d. 17! August 1825.

Mein herzliebstes Leben, du wirst diesen Brief verzeihen wenn er kurz ist [illegible] Aufzeichnung, nemlich der Letzte aus Ems soll er sein. Gott sey Lob und Dank!!! ich habe schon solche Unruhe und Ungeduld in mir daß ich springen möchte. und ich doch [illegible] dürfte, selbst wenn ich könnte. Auch ist das überhaupt die letzte Zeit daß ich [illegible] kann, denn seit einigen Tagen habe ich die Ehre zu dem engern Zirkel der Kronprinzessin gezogen zu werden, muß daher alle Abend dieser Visiten machen, und die Abende von 7–10 oder gar 11 Uhr da zubringen. Das will mir nun, der sonst schon um 9 Uhr im Bette liegt, gar nicht zusagen, und doch kann ich die täglich sich erneuernde Einladung die immer mit der verbindlichsten und artigsten angebracht wird, nicht wohl abschlagen. Nun, in 3 Tagen ist die Abend vorbey und ich gehe Gottlob fort! Sonnabend d: 20: über Coblenz bis St. Goar am Rhein, d: 21. bis Mainz, wobey bey Bingen über den Rhein nach dem Johannisberg, wo ich mit Voss und [illegible] zu [illegible] habe. d: 22: Mittags in Darmstadt. d: 23! nach Tische nach Frankfurt. d: 24! [illegible] Rasttag. und dann d: 25! [illegible] Tannenberg! so daß ich den 1t oder 2t September in Deinen Armen bin. [illegible] freue mich kindisch darauf, dich wieder zu sehen, mein theures Leben; und [illegible] Caroline [illegible] Carls [illegible] [illegible] ich alle [illegible] an. und Gottlob ich bin auch recht gesund, obwohl der Husten noch da ist. eigentlich frischer aber bin ich schon lange nicht mehr gewesen, obgleich ich mit dem Singen auch noch nicht bin. die Ärzte aber [illegible] ich alle [illegible], daß ich erst 2–3 Monate nachher die [illegible] Folge spüren würde. Morgen bekomme ich noch einen Brief von dir [illegible] wo ich hoffe dich [illegible] zu finden, daß mein folgender Brief dich von deiner [illegible] Krankheit [illegible] hat, und du wieder heiter und fröhlich bist. Wenn ich den [illegible] zu [illegible] bekommen, [illegible] Zeit ist es mir recht [illegible] Gottlob ist halt, aber alles [illegible] Romane [illegible], [illegible] der Reise, wo doch [illegible] Theil abgemacht werden muß, [illegible]. bis Mainz werd ich die Reise mit unserem Bekannten [illegible] und Walmkes und Hermann [illegible] macht, welches recht angenehm ist. Nun bin ich aber auch froh wieder [illegible] ganz [illegible] in [illegible] zu [illegible] und meinen Gedanken [illegible] zu geben. Die Musik Oberon muß nun [illegible] gemacht werden. Gott sey gepriesen. [illegible] ist [illegible] in mir, und die [illegible] für [illegible] Musik und [illegible] recht [illegible] [illegible], bis [illegible] Zeit kommen. Mit Wolf [illegible] nach Nizza [illegible] [illegible] Er ist sehr [illegible] auf die [illegible]. Nun ade, mein [illegible] Leben, und [illegible] mein herzliebstes Leben. [illegible] bei dem Gedanken, [illegible] alle bald wieder zu sehen. Gott gebe eine glückliche Reise zu [illegible], und [illegible] glückliches gesundes Wiedersehen. [illegible] Nun lebe wohl, und [illegible] und [illegible] wenn du diese Zeilen liesest, kaum noch 8 Tage [illegible] bis du wieder in deine Arme [illegible], der dich über alles liebend [illegible]

Gott segne Euch +++.

Carl.

Caroline [illegible]

26.

An die Hochwohlgebornen 101

Freyfrau, Carolina von Weber.

zu 8

Dresden.

Weber an seine Gattin in Dresden (Brief Nr. 17)
Aus Darmstadt, Montag, 22. August 1825

Darmstadt d: 22[t] *August* 1825.

No: 17.

Mein über alles geliebtes Leben! um ½ 3 Uhr bin ich hier glüklich angekommen, wohne bei *Webers* in einem herrlichen Hause, habe zu Mittag gemamfelt, und eile nun mit dir zu plaudern, damit du nicht zu lange ohne Nachricht von mir bist, da ohnedieß ich den Sonntags Posttag von *Ems* aus nicht mehr halten konnte. d: 18[t] in *Ems* erhielt ich deinen lieben *No*: 12. der mich aber eigentlich betrübte. ich weiß nicht, es kam mir vor als sähe ich ihm einen gewißen Zwang an, nicht traurig zu erscheinen, oder was es immer sey, kurz ich fand meine fröhliche Mukkin, über deren rükgekehrte Heiterkeit ich mich so glüklich fühlte, gar nicht darinn. Meine Stimmung kann ich auch nicht hineingelesen haben, denn ich war in der Aussicht aufs Abreisen, fröhlich und guter Dinge. also – doch Puntum! . ! Vielleicht sieht der Brief der in Frankfurt auf mich wartet ganz anders aus. leider bekomme ich ihn erst Uebermorgen. ich fand hier einen Brief von *Guhr*, wo er mir anzeigt daß sie Mittwochs gar nicht spielen, Donnerstag aber die *Euryanthe* sein wird. Da kann ich ihnen nun die Freude nicht verderben und muß den Tag noch zugeben. In *Ems* habe ich die lezten Tage noch recht herhalten müßen, und noch den lezten Abend bei der Kronprinzeßin gespielt. d: 20[t] früh ½ 7 Uhr fuhr ich ab, mit der besten Hoffnung für meine Gesundheit, und heiterem Gemüth. Mittags in *Boppart* holte mich die *Helmke*sche Familie aus *Hanover* ein. wir fuhren zusammen nach *St. Goar*, am Rhein, bestiegen die Rheinfels Burg, d: 21[t] am Rhein herauf, bei *Bingen* über den Rhein, von Rüdesheim über den Niederwald, und dann in der göttlichsten Abendbeleuchtung über Johannisberg, Biberich *pp* nach *Wisbaden*. während die Andern auf den Ball giengen, suchte ich die Schoppenhauer auf, die dich 1000mal grüßt, und gieng dann sehr ermüdet zu Bettel. Heute früh 6 Uhr nun kutschte ich nach Mainz nachdem ich mich von meinen angenehmen Reisegefährten trennte, sprach mit Schott ohne etwas zu Stande zu bringen, und fuhr dann ununterbrochen bis hieher, den häßlichen Weg, der recht abstach gegen die herrlichen Rhein Ufer. Morgen werde ich nun dem Großherzog *pp* Visiten machen, und Uebermorgen nach Frankfurt fahren, Donnerstag da bleiben, und den Freytag weiter, Gottlob immer näher meiner guten alten Mukkin, und den lieben Buben.

Und nun für heute *ade*, mein geliebtes Leben. bin kreuzwohlauf, aber ein bißel müde, hab' nen Bart wie ein Mauschel, der muß noch herunter, und das

Briefel auf die Post. Gott segne Euch + + +, auf baldiges fröhliches Wiedersehen. Ewig in treuster Liebe dein alter Mops,

Carl.

Gottfried findet meine Stimme, und Aussehen sehr gut.
[Im Kußsymbol:] Millionen Bußen.

No. 17. Darmstadt d. 22t August 1825.

Mein über alles geliebtes Leben! Um ½ 3 Uhr bin ich hier glücklich angekommen, wohne bei Webers in einem herrlichen [illegible], habe zu Mittag [illegible] und eile nun mit dir zu plaudern, damit du nicht zu lange ohne Nachricht von mir bist, da [illegible] ich den Sonntags Posttag von Ems aus nicht mehr halten konnte. d. 18t in Ems erhielt ich Deinen lieben No. 12. der mich aber eigentlich betrübte. Ich weiß nicht, [illegible] wie vor [illegible] sehe ich Ihm einen [illegible] Zwang an, nicht traurig zu erscheinen, oder [illegible] immer [illegible], kurz ich fand mein fröhliches Mukkin, aber [illegible] Zufriedenheit ich [illegible] so [illegible] [illegible], [illegible]. Meine [illegible] habe ich [illegible] gehabt, [illegible] in der [illegible] nicht [illegible], [illegible] also — doch [illegible]! [illegible] der Brief [illegible] in Frankfurt auch nicht [illegible] ganz anders [illegible]. [illegible] bekommen ich [illegible] Ueberma[illegible]. ich fand hier einen Brief von Gubitz, aus [illegible], daß die Mittwoch [illegible], [illegible] aber die Euryanthe [illegible]. [illegible] kann ich [illegible] die [illegible] [illegible] nicht [illegible] nach [illegible] Ems habe ich die letzten Tage noch recht [illegible], und [illegible] Abend bei der Königin [illegible]. d. 20t früh ½ 7 Uhr [illegible] der besten [illegible] [illegible] gemacht. Mittags in Boppart [illegible] die [illegible] aus Hannover [illegible]. [illegible] nach St. Goar am Rhein, bestiegen die Rheinfels Burg. d. 21t am Rhein [illegible], bei Bingen über den Rhein, [illegible] über den Niederwald, [illegible] in der [illegible] Abend [illegible] über Johannisberg, [illegible] nach Wiesbaden. während die andern auf den Ball [illegible], [illegible] ich die [illegible] auf, die [illegible] 1000 mal [illegible], [illegible] sehr [illegible] Heute früh 6 Uhr [illegible] ich nach Mainz [illegible] ich mich von meinen [illegible] trennte, [illegible] mit [illegible] [illegible] [illegible], [illegible] Rheinufer. Morgen werde ich [illegible] dem Großherzog [illegible] machen, [illegible] nach Frankfurt [illegible], [illegible] und [illegible], [illegible] mein [illegible] Mukkin, und [illegible] Buben.

Und nun für heute ade, mein geliebtes Leben. [illegible], aber ein bischen müde, [illegible] der [illegible] noch [illegible] und [illegible] auf die Post. Gott segne Euch + + +, mit baldigst [illegible] [illegible]. [illegible] Dein alter Mops.

Carl.

Gottfried [illegible] seine [illegible], [illegible] sehr [illegible].

([illegible] [illegible])

Tagebuch, 13. – 19. August 1825:

13^{t} 7. B:[echer] Kaffee 5. 4.
21^{t} Bad. schlechte Nacht. Zahnreißen. um 5 Uhr mit der Milder, Wolf *pp* nach der Sporkenburg gefahren. zu Esel hinauf.
Esel 14. -
M.[ittags] Abends im Kursaale 2. - -
Kruzifix als Vielliebchen für
Mad. Helmke 3. - -
5. 19. 4.

d: 14^{t} *Sonntag*. schlechte Nacht.
5 B: Kaffee bei *H:[elmkes]* Brief von Lina
No 11 erhalten. 10. -
No 15. an Sie abgeschikt. GerstenZukker 2. -
22^{t} Bad. Mittag im K:[ur]s.[aal] 18. -
Kaffee 2. -
7 Uhr zur Fürstin Mesterschky bis ½ 11. mit der Kronprinzeßin.
allerley Gesellschafts Spiele.
Lottum kam an. 1 rh 8.

d: 15^{t} beßere Nacht. 7. B. Kaffee 5. 4.
Wäsche 13. -
an Lüttichau und Weber geschrieben.
Mittag im K.[ursaal] 18.
Abends Gesellsch:[aft] bei der Gr:[äfin] *Perponcher.* gespielt.
von *Huyn* im ganzen auf einen Kredit Brief von *Bassenge* genommen 254 rh: dem Ueberbringer 8. -
1. 20. 4 pf:

d: 16^{t} 5 B. Kaffee im Spielsaale 18. -
23^{t} Bad. an Guhr geschrieben. Mittag mit Hf: *Vogler*
im Kursaale 1. 18. -
Kaffee und *Champ:* 1. 2. -
Ein wollnes Leibchen 2. 6. -
Abends bei der Gräfin *Voß.* die Milder sang, die Wolf deklamirte. ich spielte Walzer
5. 20. -

d: 17t 5. B: Kaffee bei *Helmkes*.
an Lina *No:* 16 abgeschikt.
24t und leztes Bad. Gott gebe sein Gedeihen!!!
Walzer für die Kr: Prinzeßin aufgeschrieben.

Mittag		18.	-
Tropfen in der Apotheke		8	-

Abends bei der Gräfin Reden. *Charaden*. *Arrestation* und *Chagrin*.

1.	2.	-

d: 18t 5 B: von Lina *No* 12 erhalten. 10. -
Mit Milder, Wolfs, Helmkes, Hartmanns, Minaja nach *Nassau* zum Mittageßen gefahren 2. 10. Abends zu Hause
2. 20.

d: 19t 5 B: Gänzlicher Beschluß. Gott gebe seinen Seegen.

Johann Kost	3	-	-
Stall und Remise	5.	-	-
Haber, 14 Simmer 5.	5.	20	-
Heu 1 C*:* 86 £.	2.	2	-
Stroh 15 geb.	1.	4	-
den Hausknechten	3.	-	-
Quartier für Johann	8.	10.	8

28 rh 12. 8

13. 7 U. [illegible] — 5. 4.
21. [illegible]
[illegible]
[illegible] — 14. —
[illegible] — 2. — —
[illegible]
[illegible] — 3. — —
5. 19. 4.

[illegible] 14. Sonntags [illegible]
5 U. [illegible]
[illegible] 11 [illegible] — 10. —
[illegible] 16. [illegible] — 2. —
22. [illegible] — 18.
[illegible] — 2. —
[illegible]
[illegible] — 1, 8.
[illegible]

[illegible] 15. [illegible] 7. U. [illegible] — 5. 4.
[illegible] — 13. —
[illegible]
[illegible] — 18.
[illegible] Parroncher [illegible]
[illegible]
[illegible] 264 [illegible] — 8. —
7. 20. 4 [illegible]

[illegible] 16. 5 U. [illegible] — 18. —
23. [illegible] Vogler
[illegible] — 1. 18. —
[illegible] — 1. 2. —
[illegible] — 2. 6. —
[illegible]
[illegible]
6. 20. —

[illegible] 17. 5 U. [illegible]
[illegible] 16 [illegible]
24. [illegible] !!!
[illegible]
[illegible] — 18. —
[illegible] — 8. —
[illegible] Charaden [illegible]
[illegible]
7. 2. —.

[illegible] 18. 5 U. [illegible] — 10. —
[illegible]
[illegible] — 2. 10 [illegible]
2. 20.

[illegible] 19. 5 U. [illegible] — 3. —
[illegible] — 5. —
[illegible] — 5. 20 —
[illegible] 14 [illegible] — 2. 2 —
[illegible] 1 C. 86 [illegible] — 1. 4 —
[illegible] 16 [illegible] — 3. —
[illegible] — 8. 10. 8
[illegible]
28. 12. 8

Während die Zahl der Kurgäste im August rasch zurückging, empfing Weber noch drei wichtige Besucher, die sich auf der Durchreise befanden: Am 2. August kam der in Paris tätige Sohn von Webers Berliner Hauptverleger Adolph Martin Schlesinger, der junge Maurice (Moritz) SCHLESINGER (1798-1871) nach Ems. Er brachte ihm den Klavierauszug von *Il Franco Arciero*, der italienischen Fassung des *Freischütz*, die Schlesinger in der französischen Hauptstadt verlegt hatte. Bezeichnend für die „Furore“, die Webers Oper laut Schlesingers Bericht in Paris gemacht hatte, ist eine Notiz aus der Vossischen Zeitung vom 3. Juni 1825:

> „Das Theater des Odeons kostete der Regierung vor 2 Jahren 280.000 Fr. In dem abgelaufenen Jahre betrug die Einnahme im Odeon 700.000 Fr. Diese große Einnahme verdankt die Kasse insbesondere dem Deutschen Freischützen, welcher nach 60maliger Aufführung noch immer Zuschauer in Masse herbeizieht.“[43]

Die Unterhandlung mit Schlesinger wegen eines in dieser Zeit im deutschsprachigen Bereich für Opern noch äußerst seltenen, in Frankreich aber gängigen Partiturdrucks des *Freischütz* führten offensichtlich trotz Webers Hoffnung auf ein üppiges Honorar zu keinem Ergebnis: Eine Partitur erschien erst 1849 bei Schlesinger in Berlin. – Mit Maurice Schlesinger traf Weber dann nochmals in Dresden am 3. Oktober zusammen.

Am 10. August kam endlich der lange erwartete Manager von Coventgarden, Charles KEMBLE (1775-1854), zusammen mit dem Dirigenten, Komponisten und Direktor der renommierten Philharmonischen Gesellschaft, Sir George SMART (1776-1867). Sie brachten u. a. als Geschenk eine goldene Dose von Barham LIVIUS, der sich damit offensichtlich für sein Fehlverhalten bei der Vermittlung von Partiturkopien entschuldigen wollte (vgl. auch Brief 13). Livius hatte 1822 von Weber u. a. die Partitur des *Freischütz* für das Drury Lane Theatre erworben, dann aber eine Aufführung in Coventgarden (am 14. Oktober 1824) in die Wege geleitet. Am Drury Lane ging das Werk in einer eigenen Fassung am 10. November ebenfalls über die Bühne. Weber war über die unrechtmäßige Weitergabe der Partitur sehr verärgert[44].

[43] *Königlich privilegirte Berlinische Zeitung von Staats und gelehrten Sachen*, Nr. 126 (3. Juni 1825); der Bericht aus Paris ist datiert mit 27. Mai.

[44] Vgl. hierzu Percival R. Kirby, *Weber's Operas in London*, 1824-1826, in: *The Musical Quarterly*, Jg. 32 (1946), S. 333-353.

Kemble übergab Weber auch einen Brief des Musikalienhändlers und Komponisten William HAWES (1785-1846), der 1824 ebenfalls ein Arrangement *Der Freischütz; or, the Seventh Bullet* im English Opera House in London herausgebracht hatte, sowie einen Brief des Bonner Musikverlegers Nikolaus SIMROCK (1751-1832), den Kemble und Smart zuvor besucht hatten. Webers finanzielle Hoffnungen im Hinblick auf seine London-Reise zerschlugen sich in den mündlichen Verhandlungen mit Kemble. Im Tagebuch heißt es ernüchternd: „nichts ordentliches abgeschloßen".

Positivere Nachrichten erhielt Weber dagegen aus Berlin. In dem Brief seines Freundes Lichtenstein (dessen Eingang im Tagebuch nicht registriert ist) erfuhr Weber laut Brief 12, daß der Berliner Intendant Karl Graf von BRÜHL (1772-1837) nun die u. a. durch die Hinhaltetaktik Spontinis immer wieder verschobene Aufführung der *Euryanthe* für Oktober plane. Dieses Ereignis, das Weber wegen des zögerlichen Wiener Erfolgs der Oper dringend herbeisehnte, fand aber erst am 23. Dezember statt.

Nur in Nebenbemerkungen reagiert Weber in diesen Briefen auf Mitteilungen Carolines über Theaterereignisse und Theaterklatsch. Was sich z. B. die Frau des am 1. Juni 1825 in Kassel verstorbenen, mit Weber befreundeten Sängers Friedrich GERSTÄCKER (*1788), der von 1820 bis 1821 in Dresden angestellt war und im Jahr vor Weber das Emser Bad aufsuchte, erlaubt hatte (vgl. Brief 13), bleibt durch die knappen Stichworte ebenso im Dunkeln wie etwa die „Stimmung" der Devrients oder die „Mukken" von HAUSER – vermutlich der Tenor Friedrich Hauser, der nach Gastrollen ab Juni 1825 in Dresden angestellt war –, für den der junge Musikdirektor Heinrich August MARSCHNER (1795-1861) offensichtlich nicht genügend Autorität besaß.

Mit Ungeduld wartete Weber auf das Ende seiner Kur. Am 19. August notierte er zu seinem Vermerk der letzten 5 Becher aus dem Kesselbrunnen: „<u>Gänzlicher Beschluß</u>. Gott gebe seinen Seegen." Einen Tag später verließ er morgens um 7 Uhr Ems. Am 22. August verhandelte er morgens in Mainz noch mit dem Verleger Schott. Möglicherweise ging es dabei ebenfalls um den Partiturdruck des *Freischütz* und um die Klavierauszüge zu *Oberon* und *Die drei Pintos* – eine entsprechende Anfrage hatte jedenfalls Gottfried Weber nach dem Zusammentreffen mit Weber am 12./13. Juli in Frankfurt an Schott gerichtet[45]. Nach dem offensichtlich nicht erfolgreichen Gespräch reiste Weber dann weiter zu seinem Freund Gottfried Weber nach Darmstadt.

[45] Brief Gottfried Webers an Schott vom 14. Juli 1825.

Am Abend vor seiner Abreise aus Ems mußte er noch einmal bei der preußischen Kronprinzessin Elisabeth spielen. Dabei dürfte er ihr zum Abschied eine Niederschrift seiner einzigen Komposition aus der Zeit in Ems überreicht haben: ein kleines Klavierstück, bestehend aus zwei achttaktigen Perioden und überschrieben „*Max-Walzer*" – eigentlich eher eine Improvisation als eine Komposition. Walzer gehörten in Ems zum „täglichen Kurbetrieb" und Weber spottet in den Briefen öfter über die abendlichen Tanzvergnügen. Dabei fand der frühere Badearzt Thilenius durchaus, daß „Tanzen, als durch vermehrte, leichtere, von Musik geregelte und gehobene Bewegung des Körpers ausgedrückte Fröhlichkeit betrachtet, [...] seiner Natur nach, mäßig geübt, nicht anders als förderlich für die Cur seyn" könne. Allerdings war ihm das viele Walzer-Tanzen nicht recht geheuer:

> „Ein oder zwei W a l z e r würden weder angreifend noch schädlich seyn, wenn unser alles übertreibendes, nur für den Augenblick genießendes Zeitalter, nicht auch das Zeitmaas dieses Nationaltanzes, seiner Natur zuwider gespornt und seinen eigenthümlichen, in süßer Dahingebung gefüglich schwebenden Character, der im wahren L ä n d l e r ausgedrückt ist, rein verwischt hätte. Letztere kann man zu halben Stunden tanzen, ohne bedeutend ermüdet oder erhitzt zu werden.
>
> Die E c c o s s a i s e n dürfen gar nicht zur Sprache kommen. Sie tanzen – heißt im Galopp der schleunigsten, unmäßigen Erhitzung, der Erschöpfung und Niederlage zustürmen."[46]

Weber dürfte unzählige ähnliche Tänze bei geselligen Anlässen am Klavier oder auf der Gitarre improvisiert haben, ohne daß er sie je zu Papier brachte. Die Niederschrift des hier erwähnten Einfalls ist vermutlich den Bitten der adligen Damen zu verdanken, in deren Salon Weber in Ems musizierte. Es existierten zwei autographe Niederschriften des *Max-Walzers*, die erste, flüchtigere vom 5. August 1825 im Album der Fürstin M. A. Galitzin aus St. Petersburg, die Weber am Nachmittag dieses Tages aufgesucht hatte, um vor ihr zu spielen[47]. Die zweite Niederschrift brachte der Komponist laut Tagebuch am 17. August für die preußische Kronprinzessin Elisabeth zu Papier. Vor ihr hatte Weber, wie erwähnt, an mehreren Abenden zwischen dem 10. und 19. August im Kurhaus musiziert. Dieses zweite Autograph gehörte bis 1945 zur Berliner Schloßbibliothek (vormals Königliche Hausbibliothek) und ist seither verschollen; überliefert sind lediglich zwei fotographische Wiedergaben. Der Charakter der Improvisation wird auch in den beiden

[46] Zitate nach Thilenius, a. a. O., S. 120f.

[47] Das Album befindet sich heute in der Akademie der Wissenschaften in St. Petersburg; für diesen Hinweis danken wir Herrn Prof. Dr. Hans John aus Dresden.

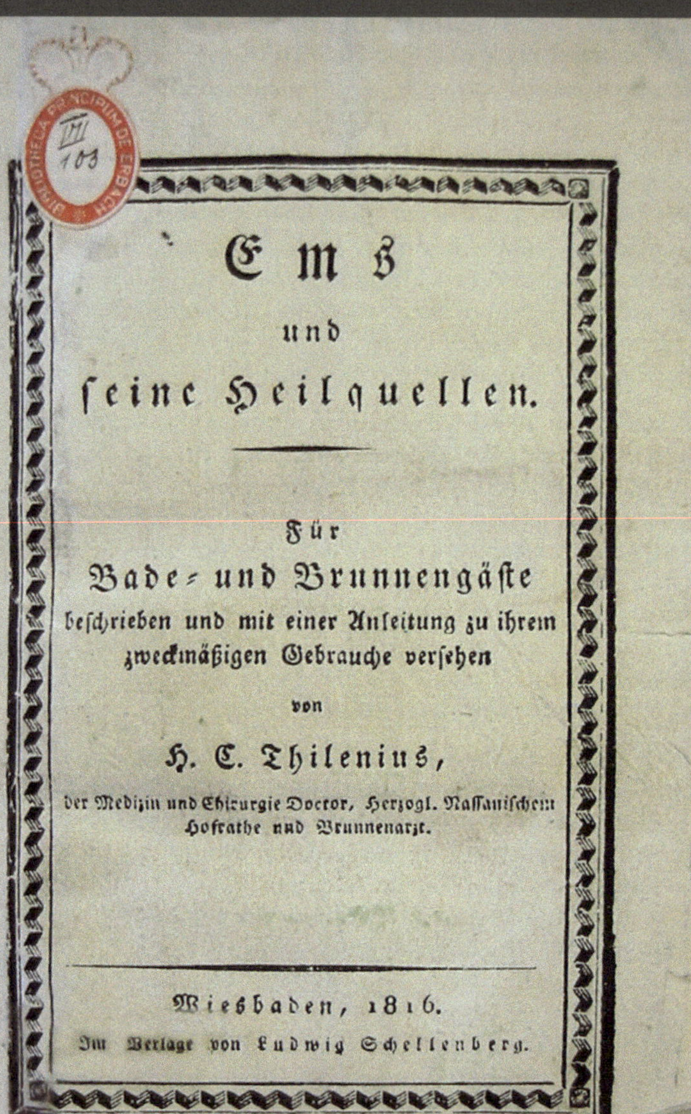

Ems

und

seine Heilquellen.

Für

Bade- und Brunnengäste

beschrieben und mit einer Anleitung zu ihrem
zweckmäßigen Gebrauche versehen

von

H. C. Thilenius,

der Medizin und Chirurgie Doctor, Herzogl. Nassauischem
Hofrathe und Brunnenarzt.

Wiesbaden, 1816.

Im Verlage von Ludwig Schellenberg.

H. Chr. Thilenius' Empfehlungen für die Emser Badegäste aus dem Jahr 1816, Stadtarchiv Bad Ems (Bs 6, 113)

Handschriften deutlich: Weber notierte den Walzer jeweils ohne Vorlage aus dem Kopf; dadurch unterscheiden sich beide Niederschriften in der Begleitung und der artikulatorischen Bezeichnung. Rätselhaft ist die Benennung des Walzers; sie könnte sich auf thematische Anklänge an den *Freischütz*-Walzer beziehen, dann wäre die Opernfigur Max gemeint. Vielleicht ist das Stück aber auch als musikalischer Gruß an den in Dresden wartenden Sohn Max Maria zu verstehen.

Max Walzer, Fotographie des verschollenen Autographs 2, Staatsbibliothek zu Berlin – Preußischer Kulturbesitz (Königliche Handbibliothek M 5609)

Auch wenn die Kur in Ems den weiteren körperlichen Verfall höchstens verzögern konnte, so schien Weber physisch und psychisch doch soweit gestärkt, daß er nach der Rückkehr nach Dresden im September die Komposition seines *Oberon* wieder aufnahm. So findet sich schon am 7. September im Tagebuch die Bemerkung „Oberon. geordnet und gefeilt“ und am nächsten Tag „No: 1 des Oberon zu instr:[umentieren] angefangen“. Daß ihm wenigstens noch vergönnt war, dieses Werk am 12. April 1826 in London selbst erstmals aufzuführen, mag insofern tröstlich wirken, als er damit immerhin einen seiner größten Erfolge auf der Theaterbühne erleben konnte. An Caroline schrieb er noch in der Nacht nach der Aufführung:

> „Meine innigst geliebte Lina! Durch Gottes Gnade und Beystand habe ich denn heute Abend abermals einen so vollständigen Erfolg gehabt wie vielleicht noch niemals. das glänzende und rührende eines solchen vollständigen und ungetrübten Triumphes ist gar nicht zu beschreiben. Gott allein die Ehre!!!“